ジョゼフィールドが、
欲望を抑え込んだ声音で低く尋ねた。

「俺が、ほしいか……？」

「……焦らさないで。

意地悪、しない、で……」

お転婆令嬢ですが花嫁教育始めました

～軍人貴公子の不器用な溺愛～

水瀬もも

Vanilla文庫

お転婆令嬢ですが花嫁教育始めました
軍人貴公子の不器用な溺愛

contents

イラスト／北沢きょう

【1】

遠くから、汽笛が途切れ途切れに聞こえる。

本格的な冬の訪れが近い海沿いの国では、まだ昼日中だというのに雲が立ち込め、景色は一面灰色に染まっていた。

空も灰色、海も灰色だ。冷たい風は氷と海の匂いが混じり合い、寒さに強い海鳥がわずかに残って鳴き交わしている。

波の荒い海上には、豪華な飾りをつけた船がいくつか浮かんでいるのが見えた。

今は、ラフルベルク国内の領地から、大勢の貴族たちが船で王都へ向かっている時期だ。

外海に比べると波が穏やかで停泊しやすい湾の中は、冬の間、貴族たちの所有する船でいっぱいになる。

ラフルベルクの冬は長くて厳しい。

だから雪が降り始める前に、ほとんどの貴族は王都にある冬用の別屋敷へと移り住んで雪ごもりをするのだ。王宮に伺候して一年の報告を済ませたり、会議に出席したりと仕事はたくさんある。

雪が溶けると再び領地に戻り、冬の間に変わりがなかったかを点検し、報告を受け、采配を振る。

領主たる者とその一族は領地に住む人々が快適に暮らせるように、日々気を配らなくてはならない。王都に滞在していても、領地のことは常に気にかけている。

そして雪に降り込められてしまう冬の間は、比較的雪の少ない王都で過ごす。それがラフルベルクの貴族の習慣だった。

王都から続く海沿いの石積みの土手の上に、蹄の音が響く。

ギャロップで栗色の毛並みの愛馬を走らせていたサラ・アントンハイムは、ふと空を見上げた。北の雪国であるラフルベルクの民らしい白皙の肌と、淡い金色の髪の少女だ。

整った目鼻立ちをしていて、特に見事なのはその双眸だった。

緑柱石のような輝きの瞳が、好奇心と生命力に満ちてきらきらと煌めく。

やや小柄な馬には鞍をかけ頭絡もつけて、長距離でも走ることができるように本格的なこしらえをしてあった。

金髪は、邪魔にならないように編んでまとめている。風よけの帽子をしっかりとかぶり、乗馬服も防寒用の仕立てのものだ。

その上に、刺繍(ししゅう)を施した外套を羽織り、白革をなめした手袋を嵌(は)めている。

これくらいしっかり着込まないと、この気温ではすぐに凍えてしまう。

「――空がもうすっかり、冬の色だわ」

サラは石畳の街道の真ん中で馬をとめた。肌を刺すような冷たい風が渦巻く。

朝から風が強いせいか、街道を歩く人影はひとつもない。

「あと数日のうちに、雪も降り始めるわね」

サラもほかの貴族たちと同じように、つい先日、王都に到着したばかりだ。

夏の間はアントンハイムの田舎屋敷に滞在していて、先週、父親たちと一緒に三日がかりで移ってきた。

国土のほとんどを海に囲まれたラフルベルク国内は、移動するなら船のほうが早くて便利なのだけれど、アントンハイムの領地は奥まった内陸の不便な場所にある。

そのため毎年、王都と領地の間を往復するだけでも一苦労だ。でも、そんな苦労をしてでも王都で雪ごもりする価値は充分にある、とサラは思う。

ラフルベルクの人間は皆、冬の寒さと暗さを嫌う。

夏の間に薪(まき)を集め、家畜の餌(えさ)となる藁(わら)を刈り込んで貯め込む。明るい色彩のお気に入りの家具を揃え、たくさんの蠟燭を点す。

憂鬱な冬を快適に過ごすために、夏の間にしっかり準備をしておくのだ。

「どうか今年の冬も、家族や領地の皆が無事に過ごせますように。そして、我らの敬愛する国王陛下に雪の恵みがもたらされますように」

祈るようにそうつぶやいて、サラは愛馬に軽く合図を送った。

よく躾けられた行儀の良い馬が嘶いて、再び走り始める。

王都では冬の間、華やかな祭典をいくつも催す。

御前試合から始まる冬の祭典は、王族や貴族たちだけではなく、王都に住む者皆の楽しみだ。王宮では国内最大規模の大舞踏会が開かれ、王都も雪祭りなどの行事で賑わう。

特に雪祭りは王都を挙げて盛大に行われるので、特別旅船を仕立てて出てくる近隣諸国の見物客も多かった。

「それにしても、風の強いこと」

海を渡る風が、真横から叩きつけるように吹いてくる。

危うく吹き飛ばされそうになり、サラは慌てて帽子を押さえた。

王都は冬の間も強い海風が吹き抜けるから、雪が降ってもあまり積もらない。あっという間に人の背丈以上も雪が積もる田舎よりは、格段に過ごしやすい。

　ちょっとため息をついて、サラは帽子をかぶり直した。

　海軍基地の港へ向かう途中なのだが――風が強すぎて、馬が思うように走れないでいる。

「思ったより時間がかかっているわ。もしかしたらトラード兄さまは、もう着いてしまったかもしれないわね」

　海軍士官である兄が、今日、海から戻ってくるのだ。

　先日、手紙が届いたときから、サラは今日が待ち遠しくて仕方がなかった。三番目の兄と一年間も顔を合わせなかったのは初めてだ。

　真っ先に出迎えるために、当人には内緒で、海軍基地の通用門まで行くつもりだった。

「軍艦を降りても事務処理や報告があって、トラード兄さまが屋敷に戻ってくるのは数日後になっちゃうんだもの。それまで待っていられないわ」

　――急がなくては。

　そこへ横風が一際強く吹いて、サラの身体が飛ばされかけた。

「きゃ…………！」

　突然のことに、馬が驚いて前足を浮かせる。

　その拍子に、馬上のサラがバランスを崩した。足が鐙（あぶみ）から外れて、身体が放り出されるような浮遊感があった。

――落ちる……！

地面はやわらかい土ではなく石畳だ。下手をすると、骨を折ってしまいかねない。そのことを身をもって知っているサラは、思わず、ぎゅっと目を瞑った。

「危ない！」

どこからか現れた青年が、黒馬を器用に操り、疾風のようにサラに駆け寄った。栗毛の馬の背後にぴたりと黒馬を寄せる。

次の瞬間、サラは背中からしっかりと、長い腕の中に抱き留められていた。ふわりと、海の香りに包まれる。

「何をやっているんだ――――この、お転婆娘！」

叱りつける声の主に、心当たりがあった。

サラは驚いて目を開ける。

「え……⁉」

振り向こうとしたサラより先に、青年のほうが背後からサラの顔を覗き込んだ。

青紫色の神秘的な瞳の持ち主を、サラは子どもの頃から知っている。

「ジョゼ⁉　ジョゼフィールドなの⁉」

信じられないといったように声を張り上げる。

大柄な黒馬に颯爽と跨がる青年は、背が高く、手足も同様に長い。

濃い紺色の海軍帽がよく似合う髪は、淡く透明感のある白金色だ。

凛々しく引き締まった顔の輪郭を、癖のない髪が縁取る。

鼻筋は上品にすっと通り、切れ長の瞳と薄い唇は、少し冷酷そうな印象を与えないこともない。性格も、ちょっとした皮肉屋だ。

海軍帽と同じ色合いの軍服が、素晴らしくよく似合う。

氷のように美しく魅力的な貴公子――と、貴族の令嬢たちに騒がれるのも当然の美貌の持ち主だった。

「三年ぶりだ、アントンハイム伯爵家のお転婆娘サラ。相変わらず馬を乗り回しているようだな」

『アントンハイム伯爵家のお転婆娘』。

サラのことをそう呼ぶのは、彼――ジョゼフィールド・アルベルト・リーインスキーだけだ。由緒あるリーインスキー公爵家の跡取り息子で、士官学校を卒業してからは、海軍護衛隊に勤務している。

ジョゼフィールドは、サラをゆっくりと石畳の上に下ろした。

自身も馬からひらりと降り立ち、サラの小さな手を取る。再会を祝して、手の甲に唇でそっと触れる。挨拶のキスだ。

サラはまだ、驚きから覚めやらない。

「いつ、王都に戻ってきたの？　三年前、王家の海上護衛官に任命されてそれっきり、一度も王都に戻ってきていなかったんでしょう？」

「ああ。三年がかりのごたごたが片付いて、明け方のうちに帰還した。艦隊は雪が降る前に再び出港するが、俺はしばらく王都務めだ」

「知らなかったわ。トラード兄さまも、手紙で何も言っていなかったし」

「急に決まったことだったから、知らせる暇もなかった。トラードも戻ってくるのか？　今は確か、巡回船に乗っているはずじゃなかったか？」

「ええ、そうよ。今日帰ってくるって、連絡があったの」

本格的な冬が訪れる前に、戻れる船はできるだけ早く母港に戻る。そのため、近海と港はここの所、賑わっていた。

「そうか。偶然だな」

目の横に軽く皺を寄せて、ジョゼフィールドが笑う。

その笑い方がひどく大人びているような気がして、サラはびっくりした。

もともと兄トラードの友人で、サラより四歳年上の青年だ。初対面からあれこれと口うるさくて、まるでもうひとりの兄のような存在だった。

　そのジョゼフィールドが。

　――なんだかジョゼって、すごく変わったみたい。大人っぽくなったし……。

　三年の海軍勤務を経て、ジョゼフィールドは一人前の立派な男性に成長していた。そのことを敏感に感じ取って、サラの小さな胸は何故かものすごくどきどきした。

　慣れ親しんだ幼なじみの青年のはずなのに、別人のように見える。

「艦での事務処理を終えて王宮へ向かう途中、風がひどいので脇にそれて一息入れていたんだ。こんな荒れた天気の中、物好きにも蹄の音が近づいてくるから誰かと思って見てみたら、君が落馬しかけていた。まったく驚いたよ」

　からかうような口ぶりは、全然変わっていない。

　深みのある低い声は気品がある分冷ややかに聞こえて、サラは子どもの頃、この青年のことがちょっとだけ苦手だった。彼がサラのことを思って注意してくれているのはわかるのだけれど、何しろ言葉に遠慮がない。

「それにしたって、どうしてこんな日に馬に乗ったりなんてしているんだ。危ないじゃないか」

「風が強いだけよ。危なくなんてないわ」

「落馬しかけたくせにか？」

「……ちょっと油断したの」

「変わっていないな。もうそろそろ、少しはおとなしくなっているかと思って楽しみにしていたのに」

あきれたように肩を竦められて、サラも、ついむきになってしまう。

「余計なお世話だわ。助けてくれたことにはお礼を言うけど、それとこれとは別問題よ」

ジョゼフィールドとは、昔からこんな調子だ。

「トラードに、よく注意するよう言っておかなくては」

「お兄さまは関係ないわ」

「アントンハイム家は、君を甘やかしすぎなんじゃないか？　だからちっとも淑女らしくならない」

「そんなこと……」

ないわ、と反論しようとして、ぐっと詰まる。

普通の令嬢方は馬に乗るより馬車に乗るものだというし、ひとりであちこち出かけたりしないものだということくらい、サラにもよくわかっている。

「私は、馬に乗るのが好きなの。風を切って走る感覚が好きなのよ。馬車の中だと、風を感じられないでしょう?」

アントンハイムの領地では、馬を乗り回すだけでなく厩舎でブラッシングをしたり水をやったりして世話をするし、羊や山羊と一緒になって草原を走り回ったりもする。

夏の間は、屋敷にいる人たちのために朝一番で牛の乳搾りだってするくらいだ。

「私はほかの令嬢みたいに、毎日家の中でじっとしているだけなんてできないの」

きかん気な顔をしたサラを、ジョゼフィールドが見下ろしていた。その青紫の眼差しが意外なほど優しくて、サラはもう一度びっくりした。

戸惑ったように口を噤み、緑色の双眸を瞬かせる。

——今まで、ジョゼの目をこんなふうに見たことはなかったけど。

こんなにも優しい目をする人だっただろうか。

彼の双眸は、どこまでも深い色合いだ。光に当たっていれば青さが際立つし、屋内では紫色のほうが少し強く見える、綺麗な色だった。こんな色の薔薇がほしいと、なんとなく思う。

——いえ、違うわ。そうじゃなくて。

サラは、ぷるぷると首を振る。

——ジョゼは、優しくなんてないわ。士官学校で会うたびに、お転婆娘だとか、じゃじゃ馬だとかお小言ばっかり。お兄さまたちより口うるさくて、見つめるどころじゃなかったもの。

「――三年ぶりに会ったから、懐かしくなっているだけだわ。きっと」

幸いひとり言は、強風に妨げられて、ジョゼフィールドの耳には届かなかったらしい。

「何か言ったか？」

「ううん、なんでもないの」

そのとき、石畳の街道を、王都の方角から駆けてくる人影があった。がっしりと脚の太い馬をフルギャロップで飛ばして、土埃を周囲に撒き散らして、相当に急いでいる様子だ。

サラがそれに気づくのと、ジョゼフィールドがさりげなくサラの肩に手を回して抱き寄せるのは、ほぼ同時だった。

「サラ、危ない。こっちへおいで」

手綱を引き絞られた馬が、鋭い嘶きを上げて立ち止まる。その馬に乗った人物の顔を見て、サラがぱっと笑顔を浮かべた。

「キラルド兄さま！」

サラの一番上の兄だ。十歳年上で、今は二十八歳。

父親譲りの黒髪は、手入れをさぼっているのでだらしなく伸びている。それをざっとひとつにまとめてあった。

ほかの兄ふたりと違い、陸軍の警備隊に勤めている。ラフルベルク国内のあちこちにある広大な王家直轄領を、巡回警備するのが主な仕事だ。

たまに王都に戻ってきても、すぐにまた旅立ってしまう。

「良かったサラ、やっと追いついた。先ほど屋敷に帰ったら、お前がひとりで飛び出していったと聞いて、そのまま追ってきたんだ」

愛馬からひらりと降り立ったキラルドが、しかめっ面で妹をたしなめる。

「もうあと数日で、十八歳になるんだ。そろそろ、ひとりで出歩く癖はやめるようにと父上も言っていただろう？　せめて供のひとりくらいはつけなさい」

あまり厳しくない口調でそう言ったキラルドは、サラの隣に佇んでいる青年の姿に気づいた。

着崩していた陸軍軍服の襟を少し正し、咳払いしてから問いかける。

「失礼。君は？　妹に何か用かな」

「キラルド兄さま、ジョゼよ。トラード兄さまの親友の」

「ジョゼ……？　ああ、リーインスキー公爵家のジョゼフィールド！　君か！」

キラルドが快活に笑い、右手を差し出す。

握手を求められて、ジョゼフィールドも笑って手を握り返した。

「トラードの士官学校時代からの悪友で、ジョゼフィールド・アルベルト・リーインスキーです。お目にかかれて光栄です」

「キラルド・アントンハイムだ。海軍の若きエース、将来の提督殿だろう？　陸軍のしがない警備隊にも、その名は轟いている」

「海軍にも、あなたのお噂が届いていますよ。剣を持たせたら右に出る者はいないと」

「君だって、トラードがよく話していたぞ。士官学校の剣術試合では負け知らずだったそうじゃないか」

ぜひ一度、手合わせ願いたいものだな――そう言ったキラルドが、ふと思いついたように尋ねた。

「もしかして、君も今度の御前試合に出るのか？」

「ということはキラルド、あなたも？」

冬の始まりに開催される御前試合は、王都の名物だ。

国王一家も臨席する御前試合には、国内の選りすぐりの士官たちが呼び寄せられ、その腕前を華やかに競い合う。

「ああ。十八歳を迎えた年から、毎年招待されている。去年はなんとか決勝まで行ったんだが」

「それはすごい！」

ジョゼフィールドが、すなおに感嘆した。

「総勢百名を越える猛者(もさ)たちの勝ち抜き戦。決勝までたどり着くだけでも、かなりの腕前とお見受けします」

「後半は、体力勝負でもあったからな。俺はたまたま運が良かっただけだ」

御前試合で優勝することは、軍人としての名誉でもある。キラルドは、今年こそはと優勝を狙っている。

「こほっ」

サラが、不意に咳をした。乾いた冬の風に潮の匂いが混ざって、喉がいがらっぽい。

「ここは海風が吹きつけるし、喉によくないな。屋敷に戻ろう、サラ」

風に途切れ途切れの汽笛が聞こえて、サラははっと思い出した。

「すっかり忘れていたわ！　私、トラード兄さまを出迎えるつもりで基地まで行こうとしていたのよ！」

「トラードなら、昼前に港について、もう帰還の挨拶に出仕していた。王宮の外回廊で会ったんだ。今日のうちに一度顔を見せに戻ってくると言っていたから、それをお前に伝えようと思って」

王都の中枢からかなり離れた、田舎貴族の邸宅ばかりが立ち並ぶ少し辺鄙な一角に、アントンハイム伯爵家の冬屋敷がある。

領地屋敷ほどではないけれど、広大な敷地には、住まいのほか、馬車置き場や厩舎なども一とおり揃っている。

アントンハイム伯爵家に仕える人たちの中で王都にも付き従うのは、年取った執事や料理人をはじめとする数十人ほどだ。

馬車に乗ったまま通れるよう幅を取った門のそばには門番小屋があって、門番の一家が住んでいる。

赤煉瓦を積み上げた門を潜り、木立の中を馬を走らせれば、すぐに屋根のついた外階段が見えてくる。

雪が降っている日でも濡れることなく馬車を乗り降りすることができるので、ラフルベルクでは馬車寄せに趣向を凝らした屋根がついているのが常識だった。

十五段ほどのささやかな外階段を上って大きな扉を開くと、そこが玄関ホールだ。

屋敷の中へ入るには、玄関ホールの奥の内階段を上って二階部分へ上がらなくてはならない。

玄関ホールの裏は厩舎や馬車置き場、薪置き場、厨房などが延々と続く。

使用人たちの住まいである別棟とは、細長い渡り廊下で繋がっていた。

馬を厩舎番に預けてきたサラが、絨毯(じゅうたん)を敷き詰めた内階段を駆け上がって二階の居間に飛び込む。

「トラード兄さま！」

サラとキラルド、そしてジョゼフィールドがアントンハイムの屋敷に着いたとき、トラードはすでに執事たち使用人の挨拶を受け、居間でのんびりと寛(くつろ)いでいた。

「やあ、お帰り。入れ違いになってしまったようだね」

「お久しぶり！　一年ぶりだわ！」

サラが、外套を脱ぐ間ももどかしく、トラードに飛びつく。海軍の軍服のままのトラードは、嬉(うれ)しそうにサラを抱き留めた。

サラより四歳上、二十二歳のこの三男は年が近いこともあって、サラとは一番仲が良かった。

「ああ、ただいま。可愛いサラ。元気にしていたかい？　勉強は毎日、きちんとしていただろうね？」

「――元気には、していたわ」

嘘をつけないサラがそれだけ答えると、トラードには大体のことがわかったらしい。

「ははは、君らしい。手紙で約束したとおり、誕生会までに帰ってきたよ」

「海が荒れたら、間に合わないかと心配していたの。嬉しいわ！」

「トラード！　久しぶりだ」

アントンハイム伯爵家の老執事から丁重な挨拶を受けていたジョゼフィールドが、サラに続いて居間に入ってくる。

お互いに、親友の姿を見て破顔する。

もとは、士官学校の同級生で、しかも寮も同室という間柄だった。

ジョゼフィールドは三年間王都を離れて護衛艦に乗っていたし、トラードも一年間巡回船に乗船していたので、顔を合わせるのは久しぶりのことだ。

「ジョゼ！　驚いたな、君も王都に戻ってきたなんて。いつの間に帰還していたんだ？」

「夜明け前にね。同じ日に帰還するとは思わなかったが」

「キルベルタの停泊港で、偶然、少しだけ顔を合わせたよね。あれは何カ月前のことだったっけ」

「ちょうど半年前だったかな？」

トラードとジョゼフィールドが再会の喜びを交わし合っている間に、サラは執事に促されて防寒具を取った。

白革の手袋を受け取った執事が、サラの手が冷え切っていることに気づき、急いでメイドたちにお茶の用意を命じる。

「外はお寒かったでしょう。さあ、暖炉のそばで暖まってください。そのままではお風邪を召しますぞ」


ゆっくりと、三人でお茶を楽しむ。まだ夕暮れ前なので、軽い焼き菓子や砂糖菓子などがテーブルを彩った。

少し咳が出るサラを気遣って、メイドが、サラのお茶に蜂蜜をたっぷりと注ぐ。

長兄のキラルドは厩舎までは一緒に戻ってきたものの、王宮から急に呼び出しがきて、すぐに戻っていってしまった。

王都にいる間も、国境警備隊の一隊長である上に面倒見が良いキラルドは、雑用がいろいろとあって忙しい。アントンハイムの屋敷や領地屋敷はもちろん、軍隊の宿舎にも部屋を持っているので、時間がないときには帰ってこない。

「では君は、今度の御前試合のために呼び戻されたのか。すごいじゃないか、ジョゼ！　さすがは我らの希望の星だ。士官学校の友人たちが知ったら喜ぶぞ」

「俺は、御前試合には出たくない。断ろうかと思っている」

「まあ！　どうして？　招待を断ったりできるの？　国王陛下からのご命令でしょう？」

サラにそう言われて、ジョゼフィールドが渋面を作った。

黙り込んでしまった親友に替わって、トラードが説明する。

「そうとも。簡単には辞退できない。お断りできないからこそ、ジョゼは困っているんだよ。何しろものすごい負けず嫌いで、どんな勝負事でも絶対に負けたくない性格をしているから」

そうだったわ、とサラが頷く。

「そういえば士官学校の練習試合でも、ジョゼはいつも勝っていたわ。どんな不利な試合でも、絶対に負けなかった」

軍人を志す少年たちは基礎課程を修了したあと、王都にある士官学校に入学する。

キラルドは剣と乗馬の腕を存分に活かせる陸軍を目指し、次兄のサイードとトラードは海軍を希望した。

士官学校は全寮制だ。トラードとジョゼフィールドは、貴族専用の宿舎で偶然相部屋になったのがきっかけで打ち解けるようになった。

サラが、唇を尖(とが)らせる。

「私も、できることなら学校に入りたかったわ」

兄たちが士官学校でさまざまなことを学んでいる間、サラはほかの令嬢たちと同じように、家庭教師について勉強を教わった。

屋敷に不満があるわけではないけれど、どうにも、兄たちに比べて自由が少ないような気がする。

「サラは、練習試合のたびに応援に来てくれていたね」

トラードが、懐かしそうに目を細める。

長兄のキラルドと次兄のサイードは年が離れているからともかく、トラードが寮に入ってしまうと、サラは一気に寂しくなった。

寮に入ると、休みの日にしか屋敷に戻ることができない。その代わり月に一度の面会日があって、その日はサラでも士官学校の中に入ることが許された。

サラは、今さらながらに思い出す。

「そういえば、ジョゼと初めて会ったのも、士官学校の面会日だったわ」

＊

貴族の子息が士官学校に入学するのは、十二歳の誕生日を迎えてからと決められている。

その規則どおり、トラードは十二歳になって士官学校に入学した。

士官学校は海のすぐそば、海軍基地と隣り合う位置にあって、その気になれば海軍基地の中へそのまま入ることもできる。

当時サラはやっと八歳になったばかりだったけれど、年齢よりも小さく、幼く見えた。

トラードが入寮して初めての面会日に、サラは父親に連れられて初めて士官学校に足を踏み入れたのだ。

アントンハイム伯爵ヴォルベールは、知り合いである士官学校長に呼び止められ、話に熱中していた。サラは先に面会室に向かおうとして、あっという間に迷ってしまった。

士官学校自体はそう広くないものの、曲がりくねっていて、わかりにくい造りをしている。

『ここ、どこ？　トラード兄さまはどこかしら』

慌てて、ちょこちょこと歩き回る。

ラフルベルクの建物は、ほとんどが堅固な石造りだ。冷気を封じる冬中心の造りになっている。古くて歴史のあるこの学校は、サラにとっては少し陰気に見えて怖かった。

『トラード兄さま……？』

誰かに道筋を聞こうとしても、あいにく、人影ひとつ見えない。

サラは面会室のある棟から、いつしか、教室棟へと迷い込んでしまっていた。

面会日なので、教室には誰もいない。灯りもなくて、一気に心細くなる。廊下に足音が反響するのも恐ろしい。

『お兄さま、どこなの……？　お父さまぁ……！』

半泣きになって、あちこち探し回る。

曲がり角を曲がろうとしたそのとき、向こうからやってきた誰かにぶつかって、サラの身体は簡単に跳ね飛ばされてしまった。

『きゃっ！』

『うわ！　なんだ？』

休日だというのに士官候補生の真新しい制服に身を固めて、手に数冊の本を抱えて。

ひどく大人びたさまで、それでもびっくりしたようにサラを見下ろしていたのが、青紫色の瞳の少年だった。

『君は誰だ？　どうしてこんな所にいる？　ここは士官学校だぞ。君みたいな女の子が来る場所じゃない』

ようやく誰かと行き会えて、心細かったサラの我慢の糸が切れた。丸い緑色の瞳に、みるみるうちに涙が溜まる。

『わからないの。ここ、どこ？　お父さまはどこ？　お兄さまは？』

今にも涙が頬を転がり落ちそうなサラに、冷静沈着そうな少年が少し狼狽えたように見えた。

『――もしかして君、迷子か？　お兄さま……？　一体誰の関係者だ？』

ジョゼフィールドが片膝をつき、サラの顔を覗き込む。そのしぐさが優しく穏やかだったので、サラは少し安堵する。

名前は、と尋ねられて、サラは泣かずに答えた。名前を尋ねられたら、きちんと答えなければいけない。

『サラよ。サラ・アントンハイム』

『アントンハイム……そうか。そういうことか。俺はジョゼフィールド・アルベルト・リーインスキー。君のお兄さま、トラードと相部屋の同級生だ』

ジョゼフィールドはそう言ってサラの手を引き、面会室へと案内してくれた。

その後、サラが士官学校を訪れる機会は、何度もあった。剣の練習試合や馬術披露大会などで士官学校が開放されるたびに、トラードの応援に出向くようになっていたからだ。

そういうとき、ジョゼフィールドはサラを見かけると必ず、

『やあ、トラードの妹姫。迷子になったら、またいつでも助けてあげるから安心して迷うといい』

と、からかった。

『そんなに何度も迷子にならないわ！』

サラがむきになって否定しても、飄々とかわされてしまう。

父親の同伴なしに、サラが初めて騎馬で士官学校を訪れた際には、すごい顔をして厩舎まで駆けつけてきた。

普通の令嬢たちは馬車に乗って、お供に付き添われてくるものだから、それも当然かもしれない。

『驚いたな。ひとりで士官学校に来るなんて――しかも、馬に乗って。これは、とんだお転婆娘だ』

それ以降ジョゼフィールドはサラのことを、『アントンハイム伯爵家のお転婆娘』と呼

ぶようになったのだ。

「――思い出したら、なんだかむかむかしてきたわ」

「なんだ？　何か言ったか？　アントンハイムのお転婆娘」

「その呼び方、いつになったらやめてもらえるのかしらと思って」

そうだなあ、とジョゼフィールドがわざとらしく考え込んだ。その隣で、トラードが笑いをこらえながらふたりのやり取りを聞いている。

「君が、申し分のない立派な淑女になったとき、かな」

「淑女？」

「道に迷ったり落馬しそうになったりしない、おとなしく従順な女性のことだ。つまり、君とは正反対の女性だな」

ジョゼフィールドの遠慮のない言葉に、とうとうトラードがこらえきれずに吹き出した。

「はははは！」

失礼ね、とサラが怒ろうとしたちょうどそのとき、席を外していた執事が居間に戻ってきた。

「サラお嬢さま。ドレスの仮縫いの女たちが参っております。最終確認でございますので、お部屋までお越しいただけますか」

「……わかったわ。すぐ行きますと伝えてちょうだい」

かしこまりました、と深々と礼をして、執事が下がる。

悠々とお茶を飲んでいたジョゼフィールドが、不思議そうに尋ねた。

「ドレスの仮縫い？　アントンハイム伯爵家では、お針子は雇っていないのか？」

貴族だけではなく、裕福な家はどこでも専門のお針子を雇い、普段着を縫わせている。商人を呼んでわざわざ作らせるのは、もっと改まった場所に着ていく正装だ。

「お針子はいるわ、もちろん。でも、今作っているのは誕生会用のドレスなの」

「十八歳の誕生日だからね。ジョゼも知っているだろう？　女の子は十八歳を迎えた日に、初めてラフルベルクの伝統装束を着る。生地も特別だし複雑な刺繍をしたりしてとても手が込んでいるから、うちのお針子だけじゃ手が足りないんだ」

「そうなの。デザインを決めることから始めて、もう半年以上経っているわ」

妹がいるトラードはともかく、ジョゼフィールドは姉妹もいないので、その辺りの勝手はよくわからないらしい。

ジョゼフィールドたち男性も成人した際に伝統装束は仕立てるが、軍人である以上、礼装は儀礼式典用の第一種軍服だ。

「ふうん……結構、時間がかかるものなんだな。このお転婆娘が仮縫いの間じっとしているなんて、想像もできないが」

――ジョゼったら、私がまだ子どもだと思っているのかしら。

そう思うとおもしろくなくて、サラはつんと澄ましてみせた。

「私、それほど子どもじゃないわ。だって、もうじき十八歳になるのよ。社交界にデビューしなくちゃいけないんだし、仮縫いくらい我慢できるわ」

いつまでも、仮縫いの商人たちを待たせておくわけにもいかない。

サラは安楽椅子から立ち上がった。

我慢できなくはないけれど、仮縫いの間はじっとしていなくてはならないし、あれこれと時間もかかるので、正直な所、気が重いのは確かだった。

「お兄さまは、しばらくは屋敷にいらっしゃるでしょう？」

「ああ。戻ってきたばかりだからね。少なくとも、一週間は休暇だ。君は？　ジョゼ」

「休暇のあとも、しばらくは王都にいる」

「それならちょうどいい。君を、サラの誕生会に招待しよう。構わないだろう？　サラ」

トラードに屈託なく提案されて、サラは少し考えるようにしてから頷いた。

「もちろん。ジョゼがいやでないのなら、歓迎するわ」

それはそれは、と、ジョゼフィールドが椅子に座ったまま、大仰なしぐさで両手を広げた。

「十八歳の誕生会に招待されるとは、光栄の至り。お転婆娘の喜びそうな贈り物を用意して、必ず伺おう」

「だから、その呼び方やめてちょうだい！」

サラが居間を出て行ったあと、トラードは給仕役のメイドたちもすべて人払いした。親友とゆっくり話がしたいから、というのは建前だ。

ジョゼフィールドが、上着の内ポケットから未開封の手紙の束を取り出す。

「艦に定期船で届いていた分だ。基地にも何通か届いているはずだから、受け取り次第渡しに行く」

封筒の表部分に、優美な綴(つづ)り文字で、ジョゼフィールドの名前が記されている。差出人の名前は、わざと書かれていない。

封蠟(ふうろう)も家紋を押さず、無紋のままだった。

トラードが王都にいない一年の間に書かれた手紙だ。

ジョゼフィールドはここしばらくの間、トラードの秘密の私書箱の代わりをしている。

菫(すみれ)の香りのする封筒の束を、トラードは嬉しそうに受け取った。

「ありがとう。巻き込んでしまってすまないね」

「気にしないでくれ。好きでやっていることだ」

トラードの、秘密の恋人からの手紙だ。トラードが返事を送る際にも、一度ジョゼフィールドに渡し、彼の名前で相手に送り届ける段取りになっている。

ややこしい上に時間もかかるが、こうしないといけない理由がある。

トラードは手紙をすぐに読もうとせず、懐(ふところ)に大切そうにしまい込んだ。

「それにしても、お転婆娘がもう十八歳になるとは。早いものだな」

「サラだって、いつまでも子どもじゃないさ。それで君、本当に御前試合を辞退するつもりなのかい？」

「できることならそうしたいんだが」

重いため息をついて、天井を仰ぐ。

「……宮仕えの立場である以上、そうもいかないんだろうな」

【2】

数日後、屋敷の大広間で、サラの誕生会が開かれた。

アントンハイム家の屋敷には、サラたちが住まう本屋敷の他に、数代前の一族が暮らしていた建物がある。

広間だけで百組の男女が踊ることができるので、大規模な夜会を開くにはちょうど良かった。

キラルドたちの誕生会や、ヴォルベールが夜会を開くときは大抵この別棟を使う。

普段は閉めきっていてほとんど使わない大広間は、今日は大勢の客人を迎えて華やかだ。

何しろひとり娘の成人を祝う日なので、アントンハイム伯爵ヴォルベールの張り切りようといったらなかった。

親戚筋はもちろんのこと、付き合いのある貴族や商人たちがサラの誕生日を祝って集う。

サラの友人の令嬢たちもたくさん訪れていた。

「さあ皆さん、どうぞ中へ！　末娘が十八歳を迎えて、やっと私も肩の荷が下ります」

王都にいるときは書斎に籠もりっきりなのに、今日は愛想良く客人を出迎えている。主人であるヴォルベールが張り切っているのだから、使用人たちも当然のことながら気合いが入っていた。

夜の帳が落ちる前に、煌々と明かりを灯す。

天井から吊り下げたシャンデリアは細かな細工が見事で、ヴォルベール自慢の逸品だ。大広間全体を明るく、暖かく設えるのは、客人への礼節でもある。

夜会服を着ている紳士はともかく、ドレスを着る女性たちは肩や腕が剝き出しになるので、とても寒い。

ラフルベルクでは、客人に寒い思いをさせることはマナー違反だ。広さのある場所だと、大きな暖炉がいくつあっても足りない。

そのため集中暖房室と呼ばれる部屋で高価な石炭を使い、長い配管を通して、その熱気を建物全体に行き渡らせる。人手も元手もたっぷりとかかるが快適なので、裕福な家は大抵この設備を備えている。

ラフルベルク名産の冬薔薇は白、黄色、薄紅、と淡い色を揃えてそれぞれ大きな花瓶にふんだんに活けて飾る。

テーブルには飲み物や軽食が溢れんばかりに盛りつけられ、サラの好きな冬苺のデザートが可愛らしかった。

冬薔薇と同じく、冬苺もラフルベルクの冬には欠かせない。

冬薔薇のジュレを、冬苺にたっぷりとまとわせた爽やかな口当たりのフルーツカクテル。

苺をそのまま使った贅沢なシャーベット。

新鮮なサラダには食用薔薇の花びらを散らし、ワイン類には薔薇の砂糖漬けを添える。

冷たいお茶は苺の香りをつけ、焼き菓子にもサンドイッチにも、薔薇と苺をあしらう。

アントンハイムの領地で特別に育てたものを惜しげもなく使って、客人に振る舞う。

ヴォルベールは普段は自分たちのことを田舎貴族と謙遜しているが、こういうときの振る舞い方は心得たものだ。

「アントンハイム伯爵、お変わりなくて?」

サンステラ夫人が、駝鳥の羽根飾りのついた扇を片手に、伯爵に声をかける。アントンハイム伯爵とは縁続きに当たる中年の貴婦人だ。

にこやかでふくよかな女性で、ベルベットのシンプルなドレスがよく似合う。

「サンステラ夫人。ご挨拶が遅れて申し訳ない」

「お久しぶりですこと。あなた、滅多に社交界に出ていらっしゃらないのですもの」

「どうも、華やかなことは苦手でしてな。妻を亡くしてからというもの、領地に引っ込んでの田舎暮らしが性に合っているのですよ」

「伯爵夫人アンネは、本当にお気の毒でしたこと。わたくし、今でもあの方のことを思い出すと胸が痛みますわ」

貴婦人が追従ではなく本心からそう言って、声が湿る。

「サラも、お母さまを幼い頃に亡くして、さぞお寂しかったことでしょうね。でもその分、ご子息たちが頼もしく成人なさってよろしかったこと」

「恐れ入ります。三人とも軍に入ってしまって、領地の管理になんぞ興味を示さないのですよ。用事があるとき以外は屋敷にも戻ってきませんし」

「あらあら、それは大変」

「サラにもご挨拶をさせましょう。サラ、こちらにおいで！」

「はい、お父さま」

友人たちと談笑していたサラが、伯爵のもとへ歩いてきた。

今日のサラは、仕上がったばかりのラフルベルクの伝統装束に身を飾っている。

雪のように清らかな白絹のドレスの上に、オーバードレスを重ねてリボンベルトを結ぶ。

オーバードレスは薄紅色の総レース製で、レースの模様はアントンハイム伯爵家の紋章をモチーフにしたものだ。

紋章の部分に、小さな宝石を綺麗に縫いつけてある。白絹のドレスには白い絹糸で、見えないように護符をいっぱい刺繍してあるのも、ラフルベルクの伝統だ。

布地には金糸銀糸を用いるし、広がる袖も床に届きそうなほど長いから、一式まとめると実はかなり重い。

気慣れていないせいもあって、気軽に動き回ることができない。

そのためサラは、いつもよりしとやかでおとなしい乙女に見えた。

「お誕生日おめでとう、サラ。ラフルベルクの伝統装束がよくお似合いだこと。やっぱりあなた、アンネの若い頃によく似ていてよ」

「サンステラおばさま！　ありがとうございます」

「十八歳になったのだから、そろそろ縁談のお話が持ち込まれているんじゃなくて？　サラ、あなた、意中のお相手はいるの？」

にこにことしたサンステラ夫人に悪気なく切り込まれて、サラが答えに困って口を噤む。

上機嫌でワインを味わっていたアントンハイム伯爵が、代わりに答えた。

「何件か申し込みがあって迷っている所なのですが。肝心のサラが、結婚にあまり乗り気じゃないようでしてね。父親としては、娘が幸せになってくれればそれで良いのですが」

王族やそれに準ずる身分の高い家柄であれば、生まれたときから婚約者が定められている。

アントンハイム伯爵家はそれほど堅苦しい家柄でもないので、当主ものんびりとしたものだ。

「とはいえ、そろそろ相手を探さんといけませんなあ。王都の令嬢方は、十八歳になる前に、婚約まで済ませていることのほうが多いようですから」

「あら。でも、例外もございますわ」

サンステラ夫人が、サラの顔を嬉しそうに見ながらうんうんと頷く。

「サラを急いで嫁がせてしまったら、伯爵がきっとお寂しくなりましてよ。だって、こんなにもアンネに生き写しなんですもの」

サラは、母親であるアンネの顔をはっきりとは覚えていない。屋敷に何枚かある肖像画を見る限り、顔立ちはよく似ているように思う。

――お母さまのことはよく覚えていないから、似ていると言われるのは嬉しいのだけれど。

サラはほんの少し、切なくなる。

――お父さまもお兄さまたちもお母さまのことを覚えているのに、私だけ、お母さまのことを覚えていないなんて。

せっかくの誕生日なのに、少し泣きたい気分になってくる。

気分を変えるために苺のジュースに手を伸ばした、そのとき。

大広間に、ひとりの客人が遅れて入ってきた。


「ジョゼ」

サラは細長いグラスを手にしたまま、瞬きもせずにその人を見つめる。

颯爽とした軍服姿が、夜会服で着飾った紳士たちより鮮やかに際立って格好良かった。

カツコツと足音を響かせて、ジョゼフィールドがサラの前までやってくる。真紅の薔薇の大きな花束を、少し行儀悪く肩に担いでいた。

髪や軍服の肩に、うっすらと降り始めた粉雪がまとわりついて残っているのがかえって気高い飾りのようだ。

広間は暖められているから、粉雪がすぐに溶けて消えてしまうのが、なんだか少し惜しいような気さえする。

悠然と近づいてくるジョゼフィールドに、サラは思わず見とれてしまった。端正な顔立ちをしていることは前から知っていたし、立ち居振る舞いが涼やかなことも知っているけれど。

――再会してからのジョゼは、ちょっと以前と違う気がする。

青紫の眼差し（まなざし）を注がれると、それだけで胸がどきどきと脈打ち始める。それがどうしてなのか、サラ自身、よくわからない。

「誕生日おめでとう、アントンハイム伯爵家のお転婆（てんば）娘」

ジョゼフィールドはサラと目が合うと、一瞬すべての動きを止めた。

「ありがとう」

「…………」

ジョゼフィールドがあまりに長いこと黙って見つめるので、サラは少し不安になった。

「どうしたの？　私、どこか変？」

「いいや」

サラに尋ねられて、ジョゼフィールドがはっと我に返る。

「ドレスがよく似合っているので驚いたんだ。すごいな。いつもよりずっとおとなしい淑女に見えるぞ」

「まあ！　ジョゼったら！」

「これを」

ジョゼフィールドが、花束をサラに渡す。

薔薇の花束はサラが両手で抱えても持ちきれないほどで、目も覚めるような深い紅色をしていた。

「こんなに綺麗な薔薇をたくさん……ありがとう、ジョゼ。お仕事のあと、直接来てくれたの？」

「ああ。予定より仕事が長引いたので、着替えに戻る暇がなかった。軍服のままで失礼するよ」

花束だけを屋敷から取り寄せて、直接アントンハイム屋敷に向かってきたらしい。

「そんなに急がなくても大丈夫だったのに。でも来てくれて嬉しいわ、ありがとう」

「――急がなくてはならない理由があったからな」

ジョゼフィールドのつぶやきは、サラには聞こえなかった。花束に顔を埋め、馥郁とした香りを胸いっぱいに吸い込んでいる最中だったからだ。

薔薇の香りを堪能するには、これが一番良い。

「うーん、良い匂い！」

嬉しそうな笑みを浮かべたサラに、ジョゼフィールドも破顔する。

「リーインスキーの領地で特別に育てた薔薇だ。今日に合わせて取り寄せた」

「だからこんなに濃い紅色をしているのね。アントンハイムで育てる薔薇は、土が違うからかしら。淡い色だけなの。でもどっちの薔薇も大好きよ」

サラが無邪気（むじゃき）に喜ぶ様子を微笑（ほほえ）んで眺（なが）めていたジョゼフィールドが、花束の中から、一番大きな薔薇を一輪引き抜く。

「なあに？」

「じっとして」

余分な茎を折り取ったジョゼフィールドが、サラの髪に、そっとその薔薇を挿した。

薔薇の花を髪に挿し、花束を抱えたサラはまるで、薔薇の精のようだ。血のように赤い薔薇に、透き通るような白肌がよく映える。

「ああ、よく似合うな。思ったとおりだ」

ジョゼフィールドが、目尻に少し皺（しわ）を寄せて笑う。

「ダンスは？　君はもう誰かと踊ってしまったか？」

ううん、とサラは首を横に振る。

誕生会でダンスを披露するのは、主役であるサラの義務だ。

「楽士たちならもう準備は整っているわ。ほら、あそこの仕切り壁の奥」

「それなら良かった。間に合ったようだ」

「え？」

「踊ろう。相手を頼む」

さらりと言われて、一瞬、何も考えられないままつい反射的に頷く。

「え……？」

——ダンスを？　ジョゼが、私と？

薔薇の花束は、そっと執事が近づいてきて引き取ってくれた。

ジョゼフィールドが流麗なしぐさでサラの手を取り、広間の中央へと連れて行く。楽士たちがそれを見て、演奏を始めた。

十八歳の誕生会には、演奏する曲や踊るダンスやその相手について、いろいろな決まり事がある。

ジョゼフィールドの腕が、サラの腰に回る。

サラは半ばぼう然としながらも、ジョゼフィールドのエスコートで踊り出していた。客人たちが気づいて、一瞬の沈黙ののち、少しざわめく。

「……ジョゼ」

「ん？」

「ダンスって。今日、私、誕生日なのに」

無意識のうちに軽やかなステップを踏むサラを、ジョゼフィールドがおもしろそうに見つめている。

「だから、だからだ。わからないか？」

——だからって、どういうこと？　どうしてジョゼが、私と踊るの？

誕生会のルールを、ジョゼフィールドが知らないはずがない。

サラは、理解できなくて困惑する。

だって誕生日にダンスを申し込むのは、求愛の証だ。サラの求婚者として名乗りを上げるということだ。

サラがそれを受けて踊るのは、求愛を承諾したという証だ。

——このことを、ジョゼが知らないはずはないわ。貴族なら誰でも、きちんと教わることだもの。

まだ婚約者がいない場合は、家族や親族のうち、一番年齢の近い男性と踊る。だからサラも今日は、トラードと踊るつもりだった。

——ジョゼに、聞いてみなくちゃ。

サラがステップを踏むのをやめて、ジョゼフィールドに真意を確かめようとしたそのとき、不意にジョゼフィールドがサラの手を強く引いた。

サラがその手に操られるように、くるくると回る。伝統的なドレスの真珠飾りや耳飾りが、広間の灯りを反射してきらきらと輝きを放った。

ジョゼフィールドが少し背を屈め、サラと目線を合わせるようにして囁いた。

「ダンスがうまいな。足を何度も踏まれるだろうと覚悟していたのに」

「失礼ね。私、踊るのは得意なの」

「そのようだ。とても優雅で、馬を乗り回しているときとは別人のようだよ」

ジョゼフィールドのリードも見事で、誘われるままに踊る。踊っているのが楽しくて、サラはつい、追求することを忘れてしまう。

挨拶回りをしていたアントンハイム伯爵家の男性陣が、そんなふたりを見て大きな声を上げた。キラルドが危うく取り落としそうになったグラスを、そばにいたメイドがすかさず受け止める。

「嘘だろう⁉　父上！　サラが誕生日のダンスを踊っている……！　しかも相手は、リーインスキー公爵家のジョゼフィールドだ……！」

夜が更けて、招待客たちが三々五々引き上げていったそのあと。

アントンハイム伯爵家では、ちょっとした嵐が吹き荒れていた。

読みかけの書物や書類が散らかった伯爵の書斎で、サラはすっかり困惑して、隣に立つジョゼフィールドの横顔を見つめていた。

ジョゼフィールドは淡々とした表情で直立したまま、アントンハイム伯爵と向き合っている。

伯爵は驚きと、ちょっと嬉しそうな感情とを同時に味わっているような目をして、背もたれ付きの椅子(いす)に深々と腰かけていた。

「ご覧のとおりです。私――ジョゼフィールド・アルベルト・リーインスキーはサラ・アントンハイム伯爵令嬢に求婚しました。そしてサラは私の手を取り、十八歳になって初めてのダンスの相手に私を選んだ。求婚の手順として、何もおかしいことはないと思いますが」

サラが、それに異を唱える。

「私は、急に手を差し出されたから反射的に反応しただけよ。結婚の申し込みだって気づいたときには、もう広間の中央にいたの。まさかジョゼが私に求婚するなんて、考えもつかなかったわ」

「だが君は俺と踊った。招待客の面前で、あれはただの間違いだったと言えるかい？」

サラが、ぐ、と返事に詰まった。

それでも、ちょっと納得できない。

「あんなの、卑怯(ひきょう)だわ。予告もなくて、まるで不意打ちだったじゃない」

「卑怯で結構。俺は、ほしいものを手に入れるためなら手段は選ばない主義だ」

「ちょっと待て！」

人払いされていたはずのキラルドが、扉を開けて飛び込んでくる。

廊下で立ち聞きしていたものの、どうにも我慢できなくなったらしい。キラルドのあとに、次兄のサイードとトラードも雪崩(なだれ)れ込んできた。

書斎の扉の向こうには、聞き耳を立てている執事や使用人たちの姿もちらりと見える。

「父上も、喜んでないでなんとか言ってください！」

「まあ、サラが公爵夫人になるんだったら、私としては悪くないというか異論はないというか。そろそろ相手を探すべきかとは思っていたところだし。リーインスキー公爵家なら不満はないなと」

「父上！」

キラルドが、紫檀(したん)でできた重厚な執務机に乗り上げんばかりの勢いで詰め寄る。

「俺は反対です！　結婚なんて、サラにはまだ早すぎる！」

母親を亡くして以降、キラルドたちはサラを大事に大事に見守ってきた。特に一番上のキラルドにとって、サラは小さくて大切な妹だ。そう簡単に、ほかの男に渡すわけにはいかない。

のほほんとした三男が、のんびりした口調で割って入る。今この部屋で口を噤んでいるのは、サイードだけだ。

「父上に味方するわけじゃないけど、願ってもない縁談だと思うんだけどなあ。リーインスキー公爵家は王族とも繋がりがあって、大金持ちなんだし。サラ、知ってる？　ジョゼの家って、桁外れにすごいよ？」

「やかましい、トラード！　サラはまだ十八歳になったばかりなんだぞ⁉」

「だから兄上、貴族の子女の十八歳は適齢期なんですってば」

「大体俺はなあ、サラを騙し打ちみたいにしたその手口が気に入らない！　サラと結婚したいのだったら、堂々と申し込め！」

「それじゃあキラルド兄上は、ジョゼがダンスの前にサラに求婚していたら、承知していた？　違うでしょう？　どっちにしろ大騒ぎだったでしょう？」

「結果は同じだ、トラード。サラが承諾しなくても、俺は今夜、アントンハイム伯爵のお許しをいただくつもりでいた」

「ちょっと待って！　私に拒否権はないの⁉」

サラが短く叫ぶ。サラの結婚だ。サラの意志が尊重されないのはおかしい。

伯爵が、重々しく答えた。

「娘の結婚相手は、父親が決める。それが一般的だからね」

「父上まで……⁉　ええい、こうなったら、剣で勝負をつける！」

キラルドが、爛々とした双眸でジョゼフィールドを睨みつけた。

もし彼が祝祭用の盛装ではなく、陸軍の軍服を着ていたなら、躊躇うことなく手袋を脱いで投げつけていただろう。

「キラルド兄さま⁉」

「ちょうど、一カ月後に御前試合が開催される。俺が勝ったら、サラへの求婚を取り消してもらおう」

ジョゼフィールドも顎を上げて、傲然と応じた。

「申し出をお受けしましょう。俺が勝ったら、サラとの結婚を認めていただけるのですね？」

「俺に勝ったら、だぞ！」

ちょっと待って、というサラの声は、思い切り無視されている。控えめでおとなしい性質の次兄が、サラを背後から抱き留めて支えていた。

「サイード兄さまお願い、なんとかして！」

兄弟の中で唯一、サイードだけがサラと同じ金色の髪をしている。その髪を揺らして、サイードが首を振った。

「……無駄だろう」

「だって、よくないわ。御前試合をそんな個人的なことに利用するなんて。仮にも王宮の行事よ」

「……それなら、心配いらない。御前試合で誰が優勝するかは裏でこっそり賭けているし。初参加する軍人は、初戦敗退したら相手に酒樽一ダースを送る習わしもあるし」

だから初戦は全員、何がなんでも負けまいと必死になる分、盛り上がっておもしろいのだ――とサイードに教えられる。

「貴族も軍人も好き放題やっているから、これくらい、たいしたことじゃない」

「そんな感じでいいの？　本当に？　国王陛下のお耳に入ったら、大変なことになるわけじゃないの？」

「冬の御前試合は毎年、お祭り騒ぎだからね。キラルド兄上は去年優勝決定戦まで残ったから、今年は賭ける人が多いみたいだよ」

「サイード兄さまも誰かに賭けてるの？　キラルド兄さまに？」

「それは内緒」

トラードが、終わりそうもない騒ぎを収めにかかった。

「とはいえ、まあ、この取り決めについては口外しないほうがいいでしょうね。そう思うでしょう？　父上、ジョゼ」

「そうだな」

ヴォルベールが頷いて、同意した。

「それでは、こういうことで話をまとめましょう。キラルド兄上も、それでいいね？」

ふたりが御前試合に参加すること、サラたちがそれを見に行くこと。

ジョゼフィールドが勝てば結婚を正式に認めることなどが、次々と取り決められる。サイードがそれを羊皮紙にすべて書き記した。

ヴォルベールが、サラと書類とを交互に見比べる。

「簡単な書類だが、一定の効力はある。取り急ぎ、これで間に合わせることにしよう」

もし婚約することになれば、正式な書類を用意しなくてはならない。貴族同士の結婚には国王陛下の裁可が必要だし、新郎と新婦それぞれの財産目録や家柄などを細かく記して提出しなければいけないからだ。

そういった正式な書類を作成するには、専用の役人がいる。

「ジョゼとキラルド兄上、これに署名を。それと、父上も。書面を読んで不足がなければ、署名してください」

トラードに促されて、順に署名を済ませる。

最後にヴォルベールが、アントンハイム伯爵家の紋章の印を押した。この書面は、ヴォルベールが預かることになる。鍵付きの引き出しにしまい込み、誰も勝手に持ち出したり破棄したりできないよう、厳重に管理するのだ。

「それでは、後日改めて」

ジョゼフィールドが伯爵に対して敬礼する。

サラは緑の目を大きく見開いて、ジョゼフィールドの軍服の袖を摑んだ。

「ジョゼ……」

「なんだ？」

「本気なの？　本当に、キラルド兄さまに勝ったら私と結婚する気なの？」

サラには、ジョゼフィールドに求婚された実感がない。サラにとっては、単なる幼なじみだ。この青年のことを、今までそういうふうに意識したことはなかった。

するとジョゼフィールドはサラをしばらくの間じっと見つめ、そして露骨にいやそうな表情でわざとらしくため息をついた。

「何、そのため息!」

「すまない。君があまりに鈍いので、すぐに返事ができなかった」

「どういうことよ」

「俺は君に誕生日のダンスを申し込んだんだ。求愛の印である行動を、わざわざ取ったんだ。本気じゃなくてどうする。それとも君には、俺がそんなことをするくらい酔狂な男に見えているのか?」

「それは……まあ、そうなんだけど……」

サラの聞きたかった答えとは、ちょっと違うような気がする。おろおろするサラの様子に、ジョゼフィールドが苦笑した。

「見た目はすっかり淑女でも、中身はまだ子どものままなんだな、君は。わかった、御前試合が終わったあと、改めて君に求婚しよう。今度は、父上や兄上方のお許しを得た上でね」

そう言って、サラの手を取る。青紫の視線にまっすぐに見据えられて、サラは一瞬、心臓が飛び上がりそうになった。

ジョゼフィールドが洗練されたしぐさで、白い手に、挨拶のキスを贈る。

「サラ。今度会うとき、君は俺の婚約者だ」

【3】

朝から雪が降り続く日に、御前試合が始まった。

朝のうちに礼砲が連続して鳴り響き、冬の祭典の始まりを告げる。

寒く険しい冬には、何よりも楽しみが必要だ。

国王はそのことをよく知っているから、王都の祭典はどれも華やかで堅苦しくなく、楽しい催しが多かった。

王都の中央に位置する王宮の外庭園に、観客たちが続々と集まる。

百人の士官たちが招待されているが、前日までに、勝ち抜き戦をある程度進めてある。

今日行われるのは準決勝と決勝戦だ。

ラフルベルクの老いた国王は若い頃から、剣術の試合が大好きなことで有名だった。五十代に差しかかるまでは、自身もこの勝ち抜き戦に飛び入り参加して腕を競っていた。

年を取ってからは、若い騎士たちの台頭を楽しみにしていて、観戦を楽しんでいる。その国王への敬愛を示すためにも、士官たちは全力を尽くして戦いに挑む。

広々とした外庭園の一角を丸く区切り、地面に黒光りする砕き石を敷き詰めて、滑(すべ)り止めの砂を撒(ま)いてならしてある。

その周りを、斜め上から見下ろすように、ぐるっと観覧席が囲む。

観覧席の一番高い所に、特別に張り出した小さな塔がある。国王一家はその中から見物するのが習わしだ。

試合参加者の家族や見物の貴族たちは、斜めになっている観覧席に、それぞれ身分に応じて席が割り当てられる。

座る所も塀も、何もかもが灰色のごつごつとした石を積み上げて作ってあるから、観戦する人はそれぞれ分厚い敷物を持ち込み、暖かい外套にくるまっていた。

あちこちに、大きな篝火(かがりび)を焚いている。

サラはひどく緊張した顔つきで、観覧席の中にいた。父親のヴォルベール伯爵とトラードが一緒だ。サイードは仕事を抜けることができなくて、来ていない。

「サラ。寒くなったら言いなさい。王宮の中に休憩所が用意されているはずだから」

「ええ、お父さま。大丈夫。見て！　キラルド兄さまが出てきたわ」

選手の入場に、観客席が沸き立つ。

キラルドが控え室から姿を現すと、どこからともなく野太い声援が上がった。どうやら、警備隊の仲間たちのようだ。

反対に、今度は黄色い悲鳴が聞こえる。

「お。ジョゼも出てきた」

ジョゼフィールドのことを応援するのは、圧倒的に女性陣のほうが多いようだ。特に赤い髪をした令嬢が、ハンカチを振って熱心な声援を送っていた。

両者が出揃い、お互いに挨拶を交わした所で、トラードがサラに囁く。

「まさか、本当に直接対決になるとは思わなかったな」

そうなのだ。

サラはため息をつく。

「――キラルド兄さまはともかく、ジョゼも勝ち進んで優勝争いをすることになるなんて」

キラルドは初戦から順調に勝ち進んだが、ジョゼフィールドも見事としか言えない腕を披露して、あれよあれよという間に優勝候補に躍り出てしまった。

若い剣士がふたり、揃って快進撃を見せたこともあって、観客は数日前から大盛り上がりだ。

「……私がジョゼと結婚するかどうかも、この試合で決まるのね」

トラードがサイドから借りてきた遠眼鏡を使って、試合会場にいる兄と親友の顔を見比べる。

「この一カ月近く、ジョゼは猛特訓をしていたんだよ。毎日朝と夜に、それはもう鬼気迫る勢いでね。何度か練習相手をやったんだけど、とても敵わなかった。あの分だとジョゼは、本当に優勝するかもしれないよ」

「ジョゼは確かに強いけど、でもキラルド兄さまも強いわ」

キラルドも毎日、屋敷の奥庭で特訓していたのをサラは知っている。

「そうだね。どっちも、意地と誇りをかけた真剣勝負だからね」

うーむ、とヴォルベールが腕組みをして唸った。

「さて。儂は一体、どちらを応援したものか……」

「父上、楽しんでいる場合じゃありませんよ」

「もちろんだ。大事なひとり娘の将来がかかっているんだ」

ヴォルベールがそこで一度言葉を区切って、トラードだけに聞こえるよう耳打ちした。

「ジョゼフィールド殿が本気でサラを愛しているのなら、何がなんでも勝ってもらわなくては。キラルドに勝てないような相手に、サラを渡すわけにはいかんよ」

雪が小やみになって、地面は踏み固められた雪が薄く凍っている。

いよいよ試合開始だ。

お互い飾りのない軍服に身を包んだキラルドとジョゼフィールドが腰に佩いた剣を抜き、刃先を軽く触れ合わせる。ふたりとも、寒さなど微塵も感じていない様子だった。

立会人が軽く片手を上げる。用意がすっかり整ったという合図だ。

塔の中から国王がじきじきに、試合開始の銅鑼を打ち鳴らす。

「よーし、試合開始じゃ！　正々堂々とした勝負を所望する！」

見物席もわっと歓声を上げた。


華々しい銅鑼の余韻に浸る間もなく。

すぐさま、激しい打ち合いが始まる。刃物同士の衝突する波動が、サラの耳にまで大きく響いた。

「きゃ！」

サラが思わず、両手で耳を押さえる。

トラードも、その隣で顔をしかめた。

「うーわー……お互い、最初の一手から手加減なしだ」

見応えのある試合に、観客席の興奮も、一気に最高潮に盛り上がった。

「これは、大変な勝負になるぞ。大丈夫かな……？」

「トラード兄さま、大丈夫かなってどういう意味？　どっちが？」

「うん？　どっちも」

トラードは、遠眼鏡を目に押しつけるようにして離さない。サラも、息を詰めて試合を見守っていた。

――私はキラルド兄さまとジョゼの、どちらを応援するべきなの……？

誕生会のあの夜からずっと悩んでいるのだけれど、まだ結論が出ない。

キラルドのことを心配するのは、妹として当然のことだ、とサラは思う。

けれどキラルドはとても強いし、ジョゼフィールドが怪我(けが)をするのはいやだ。

――それに、ジョゼもとても強いもの。士官学校時代、一度も負けたのを見たことがないわ。

キラルドが勝ったら、求愛は無効になる。

ジョゼフィールドが勝ったら――サラは彼と結婚することに、なる。

勝負は、まったく互角だった。

どちらも譲らず、技(わざ)を尽くして真っ向から競い合っている。

お互いの口から吐き出される呼気が白い。

迫力のある打ち合いがそれからも続いた。実力が拮抗しているので、なかなかすぐには決着がつかないのだ。

「少し吹雪いてきた……兄上たちもやりにくいだろうな」

トラードが小さく舌打ちし、それからはっと息を飲む。

サラも、思わず腰を浮かしかけた。

「キラルド兄さま！」

キラルドが、薄く浅く積もった雪に足を滑らせたらしい。体勢が崩れ、一瞬の隙が生まれる。その一瞬を、ジョゼフィールドは見逃さなかった。

キラルドに鋭い一撃を浴びせ、握っていた剣を弾き飛ばす。

キラルド愛用の剣が弧を描き、遠く離れた雪の塊に突き刺さった。

審判役の立会人が、鋭く笛を吹き鳴らす。

「勝者、ジョゼフィールド・アルベルト・リーインスキー！」

キラルドが、悔しそうに拳を地面に打ちつける。

ジョゼフィールドは、サラのいる観客席へ強い視線を送る。

青紫の瞳が、サラをまっすぐに射貫いた。

御前試合の覇者として、ジョゼフィールドが国王からじきじきに称賛を受ける。褒美として下賜されたのは見事な黒馬と白馬のつがいで、同時に小さな勲章も授与された。

薔薇の花を銀細工で透かし彫りにした意匠で、親指の爪ほどの大きさもない。けれどこの勲章を帯びることは、軍人にとっては大変な名誉だ。

御前試合の覇者は次回の御前試合まで、軍服の襟もとに、その勲章を着けることを許されるのだという。

サラは試合が終わったあと、屋敷に帰ってきた。ジョゼフィールドは王宮で行われる祝宴に参加している。キラルドはキラルドで、祝宴のあとも、仲間たちが慰労会を開くので今夜は帰って来られないらしい。

「……何か、変な気持ちだわ」

サラは自分の部屋で、読みかけていた本を閉じた。

胸がちりちりするような、そわそわするような、不思議な感覚があって落ちつかない。

眠るにはまだ少し早い頃合いなので、暖炉の前に揺り椅子を置き、お気に入りの本を読もうとしたのだけれど――なんだか気分が昂ぶってしまって、集中できない。

サラは、自分自身を持て余してしまって小首を傾げた。まだ、御前試合を見物した気分の高揚が鎮まっていないのだろうか。

「ジョゼが言っていたわ。今度会うときは、私はジョゼの婚約者だ——って。つまり、そういうことなのよね？」

母親と早くに死に別れ、乳母との別れも早かったせいだろうか。

父親や兄たちに囲まれて育ったので、結婚というものをまだ現実的に考えたことがない。

男性と女性とでは、結婚に対する心構えがちょっと違うのだ。

「サラお嬢さま」

執事が扉を叩いて、遠慮がちに問いかける。

「じいや。どうしたの？」

「お客人がお見えでございます」

＊

執事から知らせを受けたサラが驚いて客間へ駆け込むと、ジョゼフィールドがちょうど、海軍帽と外套を脱いでいる所だった。身体全体に外の冷気をまとっていて、ひんやりとした雪の匂いがする。

軍服の襟には、授与されたばかりの勲章が誇らしげに光を放っていた。

「ジョゼ！」

「サラ。夜分遅くにすまない。祝宴が長引いて、今やっと退出してきた」

「それは、構わないけど……」

戸惑いながらもそう言って、サラははっとした。

いつの間にか、目の前にジョゼフィールドが立ちはだかっていたからだ。

「勝ったぞ、サラ」

「……見ていたから知ってるわ。優勝おめでとう……」

執事から知らせを受けて、ヴォルベールとサイード、そしてトラードも客間へやってきた。

「おお、ジョゼフィールド殿。優勝おめでとう。見事な腕前に感服した」

ヴォルベールがそう言って、片手を差し出す。ジョゼフィールドもそれを受けて、しっかりと握手を返した。勝者を祝福する握手は、父親と花婿の握手でもある。

「ジョゼ、王宮の祝宴から直接ここへ来たのかい？　自分の屋敷にも帰らず？」

トラードが笑う。

「ああ。明日になるのを待っていたら、このお転婆娘がどこかへ逃げてしまうような気がして、落ちつかなくてね」

「私、逃げたりなんてしないわ！」

むきになったサラを見下ろし、ジョゼフィールドが満足そうに微笑んだ。

「それは結構。それならサラ、約束を覚えているだろうな？」

「約束？」

「御前試合が終わったら、もう一度君に求婚すると言ったはずだ」

「覚えているけど……………」

ジョゼフィールドが、サラの手を取る。青紫色の眼差しに絡め取られ、サラは身動きひとつ取れなくなってしまう。

「改めて告げよう。サラ・アントンハイム。ジョゼフィールド・アルベルト・リーインスキーが君に求愛する。君はこの申し出を受ける立場だ。断る権利はない。わかっているね」

父親や兄たちが決めて、その勝負にジョゼフィールドは正々堂々勝ったのだ。

確かにサラには、反論する余地がなかった。

＊

それから半月も経たないうちに、サラは迎えの馬車に揺られてアントンハイムの屋敷をあとにしていた。

目指すは王都の北部に位置する、リーインスキー公爵家の屋敷だ。

リーインスキー公爵家はアントンハイム伯爵家よりずっと歴史が古く、領地も豊かで広大だ。織物で有名な地域もあるし、紅薔薇の栽培でも名高い。

アントンハイム家とはおよそ縁がないほど高貴な家柄なので、親類縁者は皆、サラの婚約を大喜びで祝福した。

サラは今日からリーインスキー公爵家に住み、花嫁修業をする。

厚い硝子(がらす)を嵌(は)め込んだ窓の向こう、みるみるうちに遠ざかっていくアントンハイムの屋敷を見つめながら、ぶつぶつと文句を吐き出す。

「一とおりの花嫁修業は済んでいるのに、これからもっと勉強する羽目になるなんて。公爵家はしきたりも格式もうちとは全然違うなんて……一体何を勉強しなくちゃいけないのか、見当もつかないわ」

婚約が整えば、順番からいえばその次は結婚式だ。

けれど今、ジョゼフィールドの父親であるリーインスキー海軍提督は、夫人を連れて、ここから遠く離れたツェールブローの港に逗留している。

ラフルベルクの新しい王族専用艦を、今、ツェールブローの港で造っている。その監督を任されているため、提督夫妻は、艦が完成するまではツェールブローに留まる予定だった。

「両親が戻ってくるのは、少なくともこの冬が終わってからだ。挙式もリーインスキーの領地で挙げるのがしきたりだ。だから君の花嫁姿を拝むのは、春まで待たなくてはならない」

婚約が決まった旨は、すでに手紙で知らせてあるのだという。

馬車で、肩が触れ合うほどそばに座るジョゼフィールドに説明されている間、サラは落ちつかない様子で、そわそわと座り直したりドレスの裾をいじったりしていた。

「どうした、サラ？　馬車に酔ったか？」

心配そうに顔を覗(のぞ)き込まれて、ぶんぶんと首を振る。

「違うわ。でも、あの、手、が……」

やっとのことでそう言うと、サラは耳の端まで真っ赤になって顔を背けてしまった。

サラの手が、ジョゼフィールドの固い太ももの上に乗せられている。馬車に乗り込むなり、ジョゼフィールドがしっかりサラの手を握って離そうとしないので、そういうことになってしまった。

ジョゼフィールドが、口もとを綻(ほころ)ばせる。

「この程度で恥ずかしがられても困るんだが。婚約者なら、これくらい普通のことだろう？」

「そういうものかしら……？　私、こういうのに慣れてないから……」

嫁入り支度にしては、サラの支度は簡素なものだった。

昨日までの間に、リーインスキー公爵家からの馬車が何度もサラのもとを訪れた。ささやかな身の回りの品や愛用品、着替えなど当座に必要なものを運び出すためだ。

だからサラは家族や使用人たちに見送られ、ジョゼフィールドが乗ってきた迎えの馬車に乗るだけで良かった。

見送りに出た中で、派手に泣いていたのはキラルドだ。父親のヴォルベールやほかの兄たちは、穏やかに微笑んで祝福してくれた。

リーインスキーの紋章がついた馬車は四頭立てで、内部もとても豪華で広かった。アントンハイムの馬車は大人が四人乗るくらいの大きさだが、この馬車はその倍以上の大きさがある。

窓の縁などは凝った意匠の金細工で、椅子も天鵞絨（ビロード）張りでふんわりとやわらかい。クッションが、どうしてこんなにたくさんあるんだろうと思うくらいいっぱいあった。

手近なクッションを抱え込むついでに、手を離してもらおうと画策したけれど、あいにくジョゼフィールドはサラが手を押しても引いてもびくともしなかった。

むしろ、楽しそうにサラの抵抗を見物している。

「運び込まれた荷物を見たが、君の荷物は少ないな。ドレスも調度品も次期リーインスキー公爵夫人にふさわしい品を用意しているから、好きなものを選ぶといい」

「――あの。ジョゼのおうちって、ものすごくしきたりが厳しいの？　毎日正装して、どこへも行かないのに宝石を着けてなくちゃだめ？」

「いや、そんなことはない。うちは王族ではないんだし。体面を保つために規則はあるが、あまり堅苦しく考えなくて大丈夫だ」

「花嫁修業って、一体どんなことを勉強するの？」

ジョゼフィールドがアントンハイム家の食事に招待されたことは何度もあるけれど、サラはリーインスキー公爵家に足を踏み入れたことはない。それどころか、ジョゼフィールドの両親がどんな人なのかも知らなかった。

「サンステラおばさまは、願ってもない良縁だって喜んでくださったけど」

緊張に震えるサラの手を、ジョゼフィールドがしっかりと握り直した。

「……手が冷たくなっているのは、寒いせいではなかったんだな。そんなに緊張することはない。俺がついているから」

ジョゼフィールドがそう言って、サラの手を自分の頰にあてがった。

「それとも、俺がいやか？」

ううん、とサラは首を振る。

王都の中心を走っているので、馬車の窓から冬の海は見えない。

でも、海の匂いがした。

「……あなたは、海軍士官でしょう？　お仕事で、軍艦に乗る？」

唐突に話題を変えられて、ジョゼフィールドは戸惑いながら答えた。

「ああ、そうだ。今は護衛官を勤めているので主に乗るのは王家が所有している船だが、軍艦で巡回に出ることももちろんある」

ラフルベルクは現在、どこの国とも戦争はしていない。国王の努力によって、数十年の間、近隣諸国とは平和が保たれている。

「知ってのとおり、ラフルベルクは国内のちょうど真ん中に山脈があって不便だ。山脈を歩いて越えられるのは夏のわずかな間だけ。船なら、海が凍てつくまでは自由に行き来できる」

周囲のほとんどを海に囲まれている土地なので、ラフルベルクははるか昔から船が重要な交通手段だった。たとえ海面が流氷で埋め尽くされても、少しの距離なら移動できるくらいの優れた技術がある。

その船を定期的に停泊させ、水や食べ物を補給したり船の点検を行ったりするために、ラフルベルクには数多くの港——停泊地が開かれている。停泊港は大抵王家の直轄領にあり、管理は海軍の仕事だ。

「俺は近い将来、一艦を任されて司令官になる。そうなれば、長期の航海に出ることも増える。数か月、王都を留守にすることもあるだろう」

「私も、一緒に行くことになるの？」

サラがそう尋ねたのは、ジョゼフィールドの父親が、夫人をツェールブローに連れて行ったと聞いたからだ。

「提督になって長期間王都を離れる際には、君も連れて行く。だが今はまだ無理だ。一介の護衛官風情（ふぜい）がそんなことはできない」

「……そうなの」

サラがほっとしたような、残念そうな、そんな複雑なため息を零（こぼ）す。

御者が、御者台から大声で知らせる。

「ジョゼフィールドさま、サラお嬢さま。王宮の、金の塔が見えて参りましたよ！」

王宮でもっとも高くそびえる金の塔は、王都の名物だ。

赤い屋根や石畳ばかりの王都で、煌（きら）びやかな金の塔はとても目立つ。

けれど今日ばかりは、サラは金の塔を見てもちっとも気が晴れなかった。

自分がこのあとどうなるのか、まったく想像できない。

不安で仕方なくて、サラは、きゅっと唇を噛（か）み締めた。

＊

「ようこそリーインスキー公爵家へ。お待ち申し上げておりました。サラ・アントンハイム伯爵令嬢。当家執事のブロッシュでございます」

公爵家の、天井の高々と吹き抜けた玄関ホールにずらっと居並んだ使用人たちを代表して、まだ年若い執事が深々と頭を下げる。

「僭越（せんえつ）ながら使用人一同を代表して、ご挨拶申し上げます。これから、どうぞよろしくお願い申し上げます」

ブロッシュはすらりとした長身を黒い衣服に包み、暗褐色（あんかっしょく）のクラバットを締めて、黒髪は一筋の乱れもなかった。やや伏し目がちの、思慮深そうな美青年だ。

長年公爵家の執事だった男性は、公爵夫妻がツェールブローに赴（おもむ）く際に同行している。

ブロッシュは、その執事の息子だ。

若い執事に合わせて、使用人たちも綺麗に礼を取った。

清潔なお仕着せを着た従僕たちのほか、白いエプロンをつけたメイドたちに、料理番、厩舎番、そのほか庭師や、お針子、こまごました雑用を果たすための使用人たち。

その家族ごと敷地内に住み込んでいるというから、全員を合わせると百人を余裕で越えるだろう。アントンハイム家に比べると、ずいぶんと大所帯だ。

「出迎えご苦労だった、ブロッシュ」

「お帰りなさいませ、ジョゼフィールドさま」

執事が、サラに愛想良く微笑みかける。

「アントンハイム伯爵家のお屋敷からここまでですと、二刻ほどかかりますからお疲れになったでしょう。すぐにお茶を用意させます。お夕食は、当家自慢の料理人たちが腕を振るっておりますから、どうぞ楽しみになさっていてくださいませ」

玄関ホールだけでも、今まで見たどの屋敷より広くて立派だ。特に内部へと続く大階段は白く磨いた大理石製で、とても壮麗だった。

大きなシャンデリアがホールを眩いくらいに明るく照らす。

初めて足を踏み入れる玄関ホールを、目を瞠って見回していたサラが言う。

「馬に乗ったままでも上がれそうな階段ね。うちの階段の四倍くらいあるみたい。高さも、幅も」

「ああ、昔は騎馬のまま奥まで入ることもあったそうだ。緊急の知らせがあるときにね」

「緊急？」

「百年以上前のことだったが、開戦の知らせが届いたときも、伝令が騎馬で上の階まで駆け上がってきたそうだ」

　サラの相手をしながら、ジョゼフィールドがブロッシュを振り返る。

「シェンナはどこだ？」

「ここに控えております」

　貫禄のあるメイド頭と並んで控えていた婦人が、にこやかに進み出てきた。

　背の高い瘦せた体つきの女性で、首の詰まった飾り気のないドレスを着て、髪を形よくまとめてある。

　年齢は、五十代後半くらいだろうか。細い縁の眼鏡がよく似合う、知的な女性だった。

「サラ、紹介しよう。これから君に我が家のしきたりを教えてくれる、家庭教師のシェンナ夫人だ。もとは俺の乳母だったんだ。しばらく領地に引きこもっていたのを呼び戻した。公爵家のことならなんでも知っているぞ」

ジョゼフィールド曰く、シェンナ夫人は教養豊かで、人に教えるのがとてもうまいのだという。

サラはどきどきしながら挨拶した。

「サラ・アントンハイムです。よろしくお願いします」

「お足元にお気をつけくださいませね、サラさま」

先に立って案内するシェンナ夫人が、サラを気遣う。

リーインスキーの屋敷は、さながら白亜の宮殿のようだった。床や壁に大理石を用いてあって、洗練された佇まいだ。あちこちの柱や壁はぴかぴかに磨き込まれていて、塵ひとつ落ちていない。

「ええ。大丈夫よ、シェンナ夫人」

いたる所に大きな花瓶や絵画が飾られ、扉や柱には豪華な金細工が施されている。洒落ていて、しかも住み心地が良さそうなのが嬉しい。

大理石の上に赤い敷物を敷いた階段を何段も何段も上った先にある続き部屋に案内される。新婚夫婦の部屋は、最上階にあるのだという。

サラの後ろに控えたメイド頭（がしら）も、どんと胸を叩（たた）いて請け合った。

「大丈夫でございますよサラさま、シェンナ夫人。もし足を滑らせたりしたら、私がしっかりと抱き留めて差し上げます。ご安心なさいませ」

確かにメイド頭はふっくらとした体型をしているから、頼もしそうだ。メイド頭のあとに続くメイドたちが、声を殺さず楽しそうに笑う。

その様子を見て、サラは少し安心した。

――良かった。ジョゼのいうとおり、あまり堅苦しくならずに過ごせそうだわ。

サラの世話係になったシェンナ夫人も人の良さが滲（にじ）み出ていて、一目で好感を持てた。

「ジョゼはどこに行ったの？」

「ご自分の書斎だと思いますわ。ブロッシュが、何か急いで見ていただきたいお手紙があるようなことを申しておりましたから」

「……そう」

知らない場所でいきなり放り出された感じがして、サラはほんの少しだけ唇を尖（とが）らせる。

そんなサラの胸中を読み取ったように、シェンナ夫人が微笑む。

「大丈夫でございますよ。少ししたらお夕食の時間でございます。そのときにはまた、おふたりご一緒ですわ」

シェンナ夫人が、銀細工で薔薇の花を立体的に作ってあるドアノブに手をかけた。

「さあ、こちらの続き部屋がすべて、サラさまのお部屋でございます」

一歩足を踏み入れて見て、サラは目を瞠(みは)った。とても広くて、そして綺麗(きれい)な部屋だ。

「こんな豪華なお部屋が、私のものになるの？」

「ええ、もちろんでございますとも」

居間となる部屋は明るいベージュの壁紙に金色の模様を描き、見るからに華やかだった。

窓が大きくて開放的で、サラが抱えきれないくらい大きなクリスタルの花瓶に薔薇を形よく活けている。そのせいか、部屋中に薔薇の香りが漂っていた。

造りつけの暖炉(だんろ)は大きくて、白い陶器製だ。床は一面ふかふかの絨毯(じゅうたん)が敷いてあって、足首までふんわりと埋まる。

「こっちのお部屋は何？」

「そちらは、サラさまの書斎でございますわ。読書をなさったりお手紙をお書きになったりするために必要な品がすべて揃えてあります。わたくしの授業も、明日からこの書斎で受けていただきますの」

扉一枚隔(へだ)てた書斎はやわらかい色調の壁紙と家具を揃え、座り心地の良い椅子と机を置いて、何時間でも籠もっていられそうだ。

「……身につけなくちゃいけないことは、きっとたくさんあるんでしょうね」

サラが少しばかり気おくれしていることに気づいたのか、シェンナ夫人が優しく微笑んだ。

「大丈夫でございますよ、サラさま。ゆっくり、少しずつお勉強なさればよろしいのです。わたくし、サラさまが楽しくお勉強できるように努力いたしますわ」

「ありがとう！」

すっかり気が楽になった。

サラは嬉しくなって、たくさんの部屋を順に見て回る。

「お部屋ごとに、雰囲気が全然違うのね。でも統一感があって素敵だわ」

「ジョゼフィールドさまが指示をお出しになって、壁紙などを一新いたしましたの。もしお好みに合わないようでしたら、サラさまのお好きなふうに手直しさせるように、とのご命令です」

部屋の中ではメイドたちがきびきびとしたメイド頭の指示のもと、サラの荷物を解いてドレスをクローゼットにしまったり、日用品を片付けたりし始める。

淡い色彩で揃えた化粧室には、サラが持ってきたもののほかに、新しく揃えられた手鏡や櫛、香水瓶などが硝子棚の中にきちんと並べてあった。

「直すなんてとんでもない。とっても気に入ったわ！」

サラが嬉しそうな表情を浮かべると、シェンナ夫人も安堵の吐息を紡いだ。誰も知り合いがいない家に嫁ぐ寂しさや心細さは、同じ女性にしかわからないものだ。

「ジョゼも、同じ階にお部屋があるの？」

「さようでございますわ。この階は、ご夫婦のお部屋だけになっておりますの」

「え……？　ジョゼのご両親のお部屋は？」

ああ、とシェンナ夫人が合点のいった表情で頷いてみせる。

「そのことなら、心配はご無用ですわ。リーインスキー公爵家は、王都にいくつか屋敷を持っておりますの。ツェールブローからお戻りになっても、同じお屋敷に住まわれることはございません」

リーインスキーのご領地でも同じことですわ、と続けられ、サラはますますびっくりした。

「家族でも、別の屋敷に別れて住むのね……」

つまりここは、ジョゼフィールド個人が所有している屋敷ということになるのだろうか。

ジョゼフィールドが言っていたとおり、サラの体型に合わせたドレスや宝石類もすっかり準備されていた。これらは普段使いするためのもので、花嫁衣装や盛装用のドレスは、また新しく作るのだという。

「――うちとは格が全然違うのね。贅沢すぎて、くらくらする……」

若いメイドが、扉をノックする音が聞こえた。

「失礼いたします。お夕食のご用意が整っております。どうぞ食堂へお越しくださいませ」

公爵家の使用人たちは皆朗らかで気取った所がなく、サラは早々にこの屋敷の空気に馴染むことができた。

堅苦しく扱われたり、礼儀作法で雁字搦めにされたりすることがサラは何より苦手だ。付き合いが長いジョゼフィールドは、そのことを熟知していたらしい。

テーブルは大きいけれどサラとジョゼフィールドが向かい合い、歓談の邪魔となるような仰々しい燭台は傍らに寄せてある。

他愛ない会話をしながらの食事は、とても楽しかった。

最初は小さくて可愛いオードブルと身体を温めるスープから始まり、サラダには食用薔薇のマリネが絶妙な味付けで添えられていた。根菜の香ばしいグリルや魚の蒸し料理を堪能したあと、メインディッシュの肉料理に移る。

食事の給仕人たちも和やかな雰囲気で、おいしいご馳走を次から次へと勧めてくれる。

執事のブロッシュが言っていたとおり、この屋敷の料理人は腕が良かった。

けれどこの夜、何よりサラを寛がせたのは、ジョゼフィールドの食べっぷりだった。

「うふ……ふふふふふっ」

笑いが込み上げてきて、どうにも我慢できない。

カトラリーを置いたサラが口もとを両手で覆い、くすくす笑い出す。

真向かいの席のジョゼフィールドが、不思議そうにサラを見つめた。

「なんだ？　どうした？」

サラは、ジョゼフィールドのためにお代わりの肉料理を運んできたメイドと視線を交わし合う。

若い少女のようなメイドも、給仕をしながら、目の奥で笑っていた。

「だって、ジョゼ……相変わらずなのね。その食欲」

そうなのだ。

ジョゼフィールドは昔アントンハイム家に夕食に招かれたときも、ものすごくよく食べた。綺麗で豪快な食べっぷりに、厨房の料理人たちが歓声を上げたくらいだ。

食事のマナーは完璧だし、涼しい顔をしているからわかりにくいのだが、あっという間に普通の人の倍は軽く食べてしまう。

ワインも水のように飲むのに、顔色ひとつ変えていない。

大柄な体軀を維持するために、それだけのエネルギーが必要なのだろうか。

「トラード兄さまが前に言っていたわ。ジョゼの胃は、どこかが壊れているに違いないって」

給仕人を監督していたシェンナ夫人が、サラに近づいてきて言う。

「サラさま、お飲み物のお代わりはいかがですか？　次は、薔薇のワインなどを？」

「あ、いえ。苺のジュースを、あと一杯いただきたいです」

「承知いたしました。すぐにお持ちいたしますわね」

十八歳を迎えたらおおっぴらに飲酒できるのだけれど、サラは今の所、あまり酒に魅力を感じない。

何か祝い事があってワインを空けるときも、ほんのちょっと、お義理程度に口をつけるだけだ。

ジョゼフィールドは杯を空けながら、そんなサラの様子を見守っていた。

ブロッシュが、ジョゼフィールドにそっと囁きかける。

「よろしゅうございましたね、ジョゼフィールドさま」

「何がだ?」

「サラさまが、思いのほか早くこの屋敷に馴染んでくださったようで。わたくしどもも、安心いたしました」

そして、つと外を気にしながら続ける。

「だいぶ冷え込んで参りましたね。寝室をきちんと暖めておかなくては」

「ああ。よろしく頼む」


寝支度を整えて、サラは寝室へ続く扉を開けた。

初めて入る寝室にはすでに火が灯してあって、充分に暖められていた。

「ふうん……寝室は、ほかのお部屋と少し雰囲気が違うのね」

濃い緑色に金の房飾りのついたカーテンが印象的で、どちらかというと男性的な感じのする設え(しつら)だ。窓枠や扉飾りはすべて重厚な金属製で、リーインスキー公爵家の紋章を刻んである。

シェンナ夫人たちは、もう下がってもらった。湯浴みくらいひとりでできるし、何から何まで世話を焼いてもらう生活には慣れていない。

「寝台も、すごく大きい……どれだけ寝相が悪くても、落っこちる心配はしなくてすみそうね」

ゆったりとした寝間着をまとい、淡い金髪は梳き下ろしてある。寝室の中を見回していたサラは、奇妙なことに気づいて首を傾げた。

「あら？　反対側の壁際にも、扉がある……このお部屋には、扉が二カ所もあるの？　どこへ続いているのかしら」

探検気分で、サラは反対側の扉へ近づいてみた。鍵はかかっていないようだ。

「開けてみちゃおうかしら……？　でも、案内されていない部屋を勝手に見るのは、無作法かしら」

サラがちょっと迷っている隙に、扉が勝手に開いた。

そこから無造作に入ってきた青年の姿を見て、サラは驚愕する。

「な…………っ⁉」

＊

彼は湯浴みをすませたばかりのようで、まだ少し髪が濡れていた。

寝間着に着替えていたが、暑いのか、胸もとを大きく開いてある。鍛えられた胸筋からくっきりと割れた腹筋の辺りまでが目に飛び込んできてしまい、サラは咄嗟に両手で目を覆い隠した。

「なんて格好をしているの……⁉　それに、どうしてジョゼが寝室に入ってくるの！」

いきなりサラに大きな声を出されても、ジョゼフィールドは平然としていた。むしろ、サラがどうして狼狽えているのか、わからないようだ。

ジョゼフィールドは髪も洗い、自然な感じにさらりと下ろしてあった。

サラの心臓が、とくん、と大きく脈打った。

——ジョゼが髪を下ろしているのなんて、初めて見たわ。

隙のない普段の姿も素敵だが、素に戻って寛いでいる感じはまた格別だった。

「どうしてって、ここが俺の寝室だからだ」

「ジョゼの寝室なの⁉　私、お部屋を間違えた？　ごめんなさい」

サラは両手で顔を覆ったまま、寝室を出ようとした。ジョゼフィールドが笑いながら背後の扉を閉める。

「別に、間違ってはいない。ここは俺と君の寝室だ。この奥が俺の続き部屋になっている」

「え⁉」

まさか、とサラが頬を引き攣らせた。

「寝室、一緒なの……？」

「ああ、もちろん。夫婦なんだから、おかしいことじゃないだろう？」

「まだ夫婦じゃないわ。せめて結婚式が済むまでは、別々の部屋で休むことにしない？」

サラのささやかな抵抗を、ジョゼフィールドがあっさりと却下した。

「寝室はここしか用意していない」

「書斎とかでも、私は全然構わないわ。居間に寝心地の良さそうな寝椅子もあったし」

「冗談じゃない。未来のリーインスキー公爵夫人を、そんな所で眠らせるわけにはいかない」

「でも、あの……いきなり一緒の寝室っていうのは……恥ずかしいから。それに私きっと、寝相が良くないと思うし。ジョゼのことを蹴っ飛ばしちゃうかもしれないわ」

「構わない」

ジョゼフィールドの肌を見ないように不自然にうつむいたサラが、じりじりとあとずさる。ジョゼフィールドはそれを見逃さなかった。

「サラ？」

ジョゼフィールドが、あっという間にサラとの間の距離を詰める。

はだけた胸から、石鹼の香りが漂った。サラが湯浴みで使った石鹼と同じ香りだ。そのことが、妙に生々しく感じられる。

サラは今度こそ、耳の端まで真っ赤になってしまった。

ジョゼフィールドが手を伸ばし、サラの耳たぶに触れた。

「恥ずかしがる必要はない。俺たちは夫婦になるんだから」

そして、男くさく頰に笑みを刻む。

「おいで。今日は疲れただろう？　もう休もう」

サラは、びくっと身を強張らせた。

いきなり同じ寝台で休むことになるとは思わなかったので、まだ心の準備ができていない。

——どうしよう。

夫婦が夜に何をするのかを、全然知らないわけではない。でも、詳しいことは経験がないので何も知らない。

「早く寝台に入らないと、身体が冷えるぞ」

ジョゼフィールドがサラの肩に腕を回し、寝台に連れて行こうとする。いつも涼し気な青紫色の双眸（そうぼう）が、今は熱い炎を宿している。本能的に男の欲望を感じ取って、サラの怯え（おび）

は一気に頂点に昇り詰めた。

「……！」

ぱっとジョゼフィールドの腕から逃れて、寝室を出ようとした。扉に駆け寄り、自分の部屋に逃げ込んでしまおうと思ったのだ。

このままここにいたら、何かが始まる。サラが今まで想像したこともない、恐ろしい何かが。

「待て、サラ！」

厳しい声と共にジョゼフィールドの腕が伸び、サラはすぐに捕まえられてしまった。しっかりと筋肉のついた胸に抱き寄せられて、サラは両腕を突っ張り、力いっぱい抗う。

「離して！」

「この期に及んで、どこに逃げるつもりだ？　往生際が悪い」

「離してったら！」

「その分だと、俺が何をするつもりかはわかっているようだな？」

ジョゼフィールドに抱き竦められると、サラの足は床から簡単に浮いてしまう。耳に唇を直接押し当てられて喋られるのは、生まれて初めてだった。彼の呼気が、火傷してしまいそうなくらい熱い。

「や……っ」

「サラ」

ジョゼフィールドの囁き声が、艶を帯びる。

「やめて、お願い——詳しいことは、知らないの。何も」

サラの答える声も身体も震えている。ジョゼフィールドがサラを抱き上げ、寝台の上にそっと横たえた。

「それでいい。冬の夜は長いんだ。俺が、じっくり教えてやる」


ジョゼフィールドの手が、サラの夜着を乱暴なくらいの勢いではだけさせた。白く細い肩から胸までが一気に剝き出しにされる。

サラが悲鳴をこらえている間に、腰に巻いていたベルト代わりのリボンも解かれてしまった。

「ジョゼ……⁉ きゃ……！」

熱い唇が肩にじかに押し当てられて、サラが驚愕する。

熱くて弾力があって、触れられた肌がじんじんと痺れる。

くっきりと浮かび上がる鎖骨に、うなじに、耳たぶに。

ジョゼフィールドが、噛みつくように口づけを落としていく。

「やっぱり、いや……！」

身をよじって逃げようとするサラの両手を、無言のまま、片手で掴み取られてしまった。

「え⁉」

サラの両手を難なく封じて、青年は怯えに揺れる胸の膨らみをじっと見つめている。さやかだが形良い胸を視線で撫で回すように凝視されて、サラは両手を拘束されたまま、足をばたつかせて精いっぱい暴れた。

「いやよジョゼ、見ちゃだめ！」

なんとかして、青紫の視線から逃れたかった。

「そんなふうに暴れると、逆効果だぞ」

少し呼吸を荒くしたジョゼフィールドが、サラの胸を性急な手つきで撫で回す。長く節くれだった指で胸に触れられ、サラは恥ずかしくて恥ずかしくて、どうしたらいいのかわからない。

「きゃ……！」

ジョゼフィールドが大きな身体ごとサラにのしかかった。思った以上に彼の身体は固くて重い。

肌もサラのふわふわした肌と違い、ずっしりと引き締まって力強かった。

純白の胸の上で、ジョゼフィールドの指先が踊る。その光景を目にして、サラは息を飲むことしかできない。痛くはないけれど、どうしても怖い。

ジョゼフィールドは、サラの胸のやわらかさを心底愉しんでいるようだった。やがて手だけでは飽き足らず、唇での淫らな悪戯が始まる。

寝台の上で、ふたりの影が絡み合う。大きな寝台が軋んで、荒い息遣いが零れ始める。

赤い切っ先を思う存分吸い上げられて、サラが細い悲鳴を紡いだ。

ジョゼフィールドはまるで、サラを食らい尽くすような勢いできつく吸い上げ、獰猛な舌を這わせる。生まれて初めて味わう感覚に、乙女は耐えきれずに白旗を挙げた。

「やめて、痛い……！　そんなふうに触っちゃだめ……！」

本当は痛いのかどうかも、サラにはよくわからなかった。

――ジョゼに触られた所が、全部、熱くてちりちりする……！

ふと、ジョゼフィールドが顔を上げた。いつも冷静な面差しは、今は抑えきれない興奮のためにぎらぎらとした雄の色香を発散させていた。

「すまない。唇にキスするのが先だったな。あまりに美しい肌なので、我を忘れてしまった」

「え」

顎を、長い指先で捕らえられる。

抗う暇もなく、小さな唇が覆い尽くされた。

「んぅ……っ」

熱い唇が押し当てられたかと思うと、すぐさま吸い上げられ、舌先でくすぐられ。

——息が、できない。

息苦しさにサラがもがいても、すでに全身を大きな身体に絡め取られてしまって、逃げようがない。

情熱的に唇を重ねていたジョゼフィールドが、さらなる淫猥な悪戯を仕掛けてきた。サラの口腔内にジョゼフィールドの肉厚の舌が忍び込んでくる。

容赦なく唇を蹂躙される。苦しがって仰け反るサラにジョゼフィールドが、余裕のない様子で囁いた。

「唇から力を抜くんだ、サラ。そんなに食いしばるな」

「無、理。苦しいわ」

「息は鼻でするんだ」

勝手もわからないサラがどれだけ抵抗しようと、ジョゼフィールドにとっては赤子の手をひねるより簡単なものだった。

困ったように苦笑いしたジョゼフィールドが、唇に触れるだけの優しいキスをする。

「サラ………大丈夫だから、そんなに怯えるな」

優しく触れられるキスなら、サラも怖がらずに済む。

長い指で頭を撫でられ、背中を撫で下ろされながら、あやすようにキスを繰り返される。

サラの身体から緊張が抜け落ちるまで、ずっと優しいキスが繰り返された。

サラもようやく安心して、身体の力を抜いた。

「キスは嫌いか？」

「……軽く、ちゅってするだけなら嫌いじゃないわ」

舌を絡められるのは、息が苦しくなるからいや。

小さくそう訴えるサラの頭上で、ジョゼフィールドが愛おしさをこらえきれない吐息を噛み殺す。

「――目を閉じて、全身の力を抜いてごらん。怖くはないから」

低い囁きが、ぞくぞくするほど甘い。サラはおずおずと、ジョゼフィールドの言うことに従った。

「……良い子だ」

キスをしながら、強く抱き締められる。

腰を淫らに擦り合わせられ、サラの身体がびくんと震えた。

「ん……っ！」

すっかり乱れた寝間着の裾を割り開いて、下肢の付け根に触れられて、無垢な身体が竦んで怯える。身に着けていたはずの下着は、いつの間にかジョゼフィールドの手で取り除かれてしまっていた。

サラの秘所に大きな手をあてがい、何度も擦り上げるようにして撫で上げられる。まさかそんな所を躊躇いもなく触れられるとは思わなかった。

「あ……っ」

淡い茂みもその奥にある蜜壷も、ジョゼフィールドはすべてに愛おしそうに触れていく。やがてその指を、蜜壷の中にゆっくりと挿れられてしまった。くちゅ、と水音がしたが、サラはもうそんなことに構っていられなかった。

片足をジョゼフィールドの肩に担ぎ上げられて開かされた体勢のまま、必死になって首を振る。

「ジョゼ、そんな所、触っちゃだめ！　もう、いや……！」

「男に触れられるのは初めてか？」

「当たり前でしょう………っ」

最初は異物に慣らすように優しく触れるだけだった指が、次第に大胆になる。優しく激しく、緩急をつけて蜜壷をこねくり回され、サラの呼吸が震えた。

「何か変だから、もうやめてちょうだい………」

そのとき、ジョゼフィールドの指がサラの弱点を探り当てた。

いやがって逃げようとしていたサラが、ふと息を詰めた。

びくん、と腰を跳ね上げさせる。

「え……っ!?」

サラ自身、何が起きたのかわからなかった。身体がとても熱くて、その中を何かが走り抜けていったような気がする。

乙女の裸身がわななく。

「どうした？」

「なに、これ……？　ぞくぞくするみたいな、変な気分……」

サラが、未知の感覚に戸惑って眉根を寄せた。ジョゼフィールドはサラの身体に起こり始めた変化の意味を知っている。

にやりと、唇の片端を吊り上げて笑う。

「──そうか。ここか」

「だめ、そこ……！　ジョゼ、やめて！　もう触っちゃだめ、だめ……！」

蜜壷をぐちゅぐちゅと苛まれて、白い肌が薄紅色に染まった。

「だめじゃない。良いというんだ、これは」

「違うわ……！」

「違わない。これからもっともっと良くなるぞ。ほら。こんなふうに擦り上げると──」

生まれて初めての快感を濃厚に教え込まれて、サラは半狂乱になって抗う。腰が、サラの意志とは関係なしにがくがくと震えた。

「お願いだから、もうやめて…………！」

甘い疼きが全身を満たして、じっとしていられない。びくびくと手足を震えさせ、どうしようもなくて、サラはジョゼフィールドの肩にしがみついた。

「ああ、動かしちゃだめ、おかしくなっちゃうから！」

サラが、必死に首を横に振る。

「サラ」

宥めるように名前を呼んで、ジョゼフィールドが唇を寄せてきた。

厚い胸に抱き込まれ、深い口づけを受ける。その間もジョゼフィールドの指は、下肢への悪戯をやめようとはしなかった。

「……っ！」

白い裸身が、無言のまま大きく仰け反った。生まれて初めて、男によって与えられた快感で絶頂を迎える。

「……っ、……っ！」

悲鳴を上げるようにのたうつ手足を押さえ込まれ、容赦ない悦楽を立て続けに教え込まれる。一度昂ぶらされた身体は、ジョゼフィールドに対してあまりにすなおに反応を示した。

サラが考えたこともなかったような淫らなことばかりが、次から次へと続く。サラはもう汗だくで、必死に息をして肩を喘がせていた。

太ももが、汗と蜜とで濡れ光る。胸にはきつく吸い上げられた余韻がじんじんと疼き、下肢は敏感になりすぎて痛いほどだった。

「ひ…………………っ」

桜色の爪先が波打つようにびくびくと痙攣し、ぐったりと力を失うまで――どれくらいの時間が経っただろう。

サラはとうとう耐えきれずに、泣き出してしまった。

ジョゼフィールドが、しゃくり上げているサラの様子に気づく。

慌てて手を止め、顔を覗き込むように覆い被さってくる。

「サラ？」

「嫌い。ジョゼなんて、大っ嫌い……！」

サラの声は、泣きすぎてかすれていた。ジョゼフィールドが、反省するような表情を滲ませる。

「すまない。その……どこか痛かったか？」

「知らない……！　やだって言ったのに、ひどすぎるわ……！」

サラはジョゼフィールドの身体の下で四肢を丸め、小さく縮こまった。自分で自分の身体を抱き締めるようにして、子どものように泣きじゃくる。

「ジョゼの、馬鹿ぁ……！」

「参ったな。そんなふうに泣かないでくれ、サラ」

ジョゼフィールドが発する、獰猛な獣のような雰囲気は霧散していた。泣き続けるサラを前に、心底狼狽していうらしい。

「こうまで怖がるとは思わなかったんだ。謝るから泣きやんでくれ。もう今夜は、これ以上のことはしないから」

ジョゼフィールドがそう言って、サラの身体を寝間着で包み込んだ。サラの寝間着は羽飾りのついたふわふわのガウンで、羽織るだけでもかなり暖かい。

そのまま横抱きに抱き上げられて、びっくりして目を瞬かせた。

「どこに……？　どこに行くの……？」

「少しの間、寝台から離れよう。そのほうが落ちつくだろう」

ジョゼフィールドがサラを抱き上げたまま、額に触れるだけのキスを落とした。

暖炉の前の寝椅子に、そっと下ろされる。

上半身裸のジョゼフィールドはそのまま、素早く暖炉に火を入れた。すぐに薪が燃え始め、ほっとするような温かさが広がる。

ジョゼフィールドはサラを抱き寄せ、しばらくの間、穏やかに背中を撫でていた。

「泣きやんだか？」

「……うん」

「悪かった。少し急ぎすぎた」

懐に抱き留められていると、サラのつむじに、ジョゼフィールドの吐息がかかる。ジョゼフィールドの唇がサラの髪に触れるのが心地よかった。

こんなふうに、甘やかすように抱き締められている分には怖くない。サラはだんだんと落ちついて、鍛え上げられた胸に頰を寄せる。完全に泣きやむためには、もう少し甘やかされることが必要だった。

無意識のうちのしぐさだったが、ジョゼフィールドが嬉しそうに頬を綻ばせる。ゆっくりと金髪を愛撫しながら、焦った理由を打ち明ける。

「俺は海軍士官だ。冬の間は基本的に王都務めだが、命令があれば王都を離れる。短期間で戻ってくることもあれば、長期間留守にすることもある。だから、なるべく早いうちに君を俺のものにしておきたかった。だが俺は、君の気持ちにまで気を回せなかった」

サラのやわらかい髪に鼻先を埋めて喋るから、ジョゼフィールドの声はいつもよりくぐもって聞こえた。

「私、さっき、あなたに食べられてしまうんじゃないかと思ったわ」

「完全に狼の気分だったよ」

「狼は嫌い。怖いもの」

「ああ。わかった」

「もう、狼にはならないで……」

「それはいささか自信がないが……少なくとも、君が泣いていやがるのを無理強いはしないよ。約束する」

ジョゼフィールドが、サラの緑色の瞳をまっすぐに覗き込む。

「怖い思いをさせて、すまなかった」

「――もう、怒ってないわ」

「次からは、君を怖がらせないよう努力しよう」

「え」

サラは、ぎょっとして顔を上げた。

ジョゼフィールドのことだから、『もう二度とあんなことはしない』と約束してくれるのかとばかり思っていたのだ。

サラの心を読み取ったように、ジョゼフィールドが苦笑した。

「当然だ。ままごとじゃあるまいし、あれしきで終わりにはできない」

「そういうものなの……？」

思わず腰が引けてしまうサラを見つめながら、ジョゼフィールドがきっぱり宣言した。

「大丈夫、時間をかけてゆっくりと慣らしてやる。要は、怖くなければいいんだろう？」

【4】

サラの授業は、リーインスキー公爵家に移ってきた翌日から、さっそく始まっていた。

まずはリーインスキー公爵家の縁続きの人たちの名前をひとつも間違わずに覚えなくてはならなかった。リーインスキー家の歴史を習うと同時に、ご先祖の名前もひとり残らず頭に叩(たた)き込む。

リーインスキー公爵の本家筋に当たる分だけの歴史書と名鑑を積み上げただけでも、サラがいやになるくらいの分厚さがあった。

似たような名前がたくさんある上に爵位や地位が異なるので、とても覚えにくい。

その次に、山のようにあるしきたりも完璧に頭に入れなくてはならない。

しきたりを完全に把握(はあく)していなければ、公爵家を取り仕切っていけないからだ。

覚えることがありすぎて大変だったけれど、サラは、新しい家庭教師のシェンナ夫人にはすぐに打ち解け、大好きになった。

「サラさま、一体どちらに…………まあまあまあ、なんてことでしょう！」

午後の授業の時間になってもサラがなかなか部屋に戻ってこないので捜しにやって来たシェンナ夫人は、城内の厩舎(きゅうしゃ)で悲鳴を上げた。

「サラさま！　リーインスキー公爵家の花嫁となるべきお方が、そんなことをなさって……！」

シェンナ夫人がびっくりしたのも無理はない。

「いけない！　もう授業の時間だったの⁉」

サラはドレスが土や餌(えさ)で汚れるのも構わず、馬の世話をする厩舎番を手伝っていたのだ。ジョゼフィールドがサラのために厳選した普段着用のドレスも淡い金髪も、すっかり藁(わら)まみれになっていた。

「馬の世話は、公爵夫人のなさることではありませんよ。そのために厩舎番の者たちがちゃんといるのですから」

厩舎番の男たちが、遠慮がちに頭をかきながら口を添えた。

「すみません。サラお嬢さまが、休み時間の間だけでも馬の世話をしたいと仰(おっしゃ)るもので……馬たちも喜んでいたものですから」

シェンナ夫人がすっかり狼狽えて、今にも卒倒しそうな顔色なので、サラは慌てて近づき、その手を取って支えた。

「ごめんなさい、シェンナ夫人。私、自分の愛馬が懐かしくて馬を見に来たの。そうしたらつい、世話をしたくなっちゃって。アントンハイム家では、愛馬が仔馬のときから面倒を見ていたのよ。でも、もうしないわ。本当にごめんなさい」

サラが覚えなくてはならないもっとも重要なことのひとつが、貴婦人としての振る舞い方だった。

貴婦人は供も連れずにひとりで出かけたりはしないし、手ずから馬の世話もしないものなのだ。

アントンハイム家では好きに振る舞えたが、公爵夫人になるとそういうわけにはいかないということを、シェンナ夫人は優しく辛抱強くサラに教える。

そのおかげもあって、サラの物腰は、だんだんと洗練されていった。

朝早くに王宮へ出仕したジョゼフィールドが戻ってくるのは、大抵夜になってからだった。王宮にある海軍省と、港沿いの海軍基地とを忙しく行き来する日々だ。

雪がしんしんと降り積もる中を戻ると、ホールにはいつものように、ブロッシュが迎えに出ていた。

「サラはどうした」

いつも、玄関ホールまで出迎えに来るサラの姿が見えない。

ジョゼフィールドが外套を脱ぎながら尋ねると、執事が心得顔で答えた。

「お部屋でお勉強中でいらっしゃいます。とても一所懸命な方でいらっしゃいますね、サラさまは」

「授業の進み具合はどうだ？　シェンナはわりと苦戦しているようだが」

昼間の厩舎での出来事を思い出して、ブロッシュは勤勉な表情を取り繕い、笑いを噛み殺した。

「びっくりするようなことも多々ありますが、時間の問題でしょう。もともと、とても聡明なお方のようです」

それよりも、とブロッシュが続ける。

「サラさまがいらしてからというもの、皆が活気づきました。貴婦人教育も、慣れてくれれば心配ないかと存じます」

ジョゼフィールドが自分の続き部屋から、サラの部屋へと渡る。

サラは、自分の書斎で机に向かっていた。

「サラ」

シェンナ夫人があらかじめノートにまとめておいてくれたものの上に、サラの字で補足事項をこまごまと書き加えてある。

難しい顔でノートを睨んでいたサラは、ぱっと顔を上げた。

「ジョゼ！　帰ってきていたの？　迎えに出なくてごめんなさい。気づかなかったものだから」

シェンナ夫人は書斎にいない。サラは夕食後の授業を終えたあと、自習をしていた所だ。

「ブロッシュから聞いたぞ、昼間の件」

「え」

サラが、ぎくっとしたように顔を強張らせる。

「あの……シェンナ夫人が、あんなにびっくりするなんて思わなかったのよ。領地にいるときは馬の世話だけじゃなくて、お花の水やりとか、果物狩りなんかも手伝っていたし。授業をさぼろうとしたんじゃなくて、ただ馬が懐かしかっただけなの……」

サラの言葉がだんだんと元気を失い、消え入りそうな声になる。人を傷つけたり、いやな気持ちにさせたりすることはサラは苦手だ。

これでもシェンナ夫人を卒倒させかけたことは、心底悪かったと反省しているのだ。だから、授業が終わってもまじめに復習をしていた。

ジョゼフィールドがそんなサラの顎を摑み、頰に軽く口づけた。さりげない親愛を示すキスだ。

サラは一瞬震えたものの、それ以上怯えはしなかった。あの夜以降ジョゼフィールドは、ことあるごとにサラを抱き締め、キスをする。

夜も、ジョゼフィールドの胸を枕代わりにして眠っている。

ジョゼフィールドを見送るときと、出迎える際にもキスしてほしいと言われているのだけれど、それは今の所保留にしてもらっている。理由はひとつ。

恥ずかしいからだ。

——眠る前に、あちこち触られたりキスされたりしているけど……ジョゼなりに気遣ってくれているのがわかるから、もう怖くないわ。

サラがじっとジョゼフィールドを見上げていると、彼も優しくサラを見つめていた。

「そんなに謝らなくていい。別に俺は怒っていないし、シェンナだって同じだろう。君に悪気がないことくらい、皆知ってる」

「私、もう黙って厩舎には行かないわ。それに、ひとりで遠乗りにも行かない」

生真面目そのものの言葉に、ジョゼフィールドがふっと唇を綻ばせた。

「授業のほうはどうだ？　進んでいるか？」

「間違えてばかりいるわ。私、覚えるの遅いから」

「それなら毎日、俺が試験をすることにしようか」

「試験？」

ジョゼフィールドが行儀悪く机の上に腰かけ、サラのノートをぱらぱらとめくる。

「毎晩俺が帰ってきたあとで、君がどれくらいのことを覚えたか、チェックしよう。間違えたら君からのキス一回だ」

「ちょっと待って！　そんなのって！」

「少しくらいペナルティがあったほうが、君も集中できるだろう？」


ジョゼフィールドは有言実行だった。

それをサラは、いやというほど思い知ることになる。

次の日の夜、眠る前のひとときに、サラはジョゼフィールド専用の書斎に招き入れられた。

こちらの書斎は厳めしいこしらえで、サラの部屋よりももっと膨大な量の書物で埋まっていた。

天井まで届く本棚一面に、ずっしりと重たい革張りの書籍が詰め込んである。ここにある本を全部読むのなら、百回冬が来てもまだ足りないだろう、とサラは思う。

この屋敷はどの部屋も窓が大きくて開放感があるのだけれど、書斎だけは窓がなかった。本が傷むのを防ぐためだそうだ。

ジョゼフィールドが自分の机に後ろ手をついて寄りかかり、サラに向かって尋ねた。サラは彼の正面に立ち、閉じたままのノートをお守りのように抱えて持っている。

「さて、と」

サラが最近苦戦しているのは、リーインスキー公爵家の歴史問題だ。代々続く家柄なので、数百年に及ぶ歴史がある。

それを今すぐ覚えるようにと言われても、似たような名前ばかりで困ってしまう。

「エウリアの薬草を所有船で輸入することで、莫大な富を築いたリーインスキー第七代当主の名前は？」

「パトリオール・リーインスキーだったかしら……？」

「惜しいな。正確にはパトリオール・レオナルディ・リーインスキーだ」

「長い名前って嫌いよ」

サラの文句などどこ吹く風。

すぐに次の問題が出される。ジョゼフィールドの頭の中には、自分の家の歴史が完璧に叩き込まれているので、チェックが厳しい。

「地熱を利用して育てることに成功し、品種改良をして、冬薔薇をラフルベルクの特産品に押し上げた第十五代当主の名前は？」

「ええと。ちょっと待ってちょうだい」

サラが焦る。

「あの……アディオード・ベール・リーインスキー？」

ジョゼフィールドが、残念そうに肩を竦めた。

「小アディオード・ベールだ。彼の父親の大アディオード・ベールはラフルベルク海域の海賊を蹴散らした英雄だが、息子は祖国の経済的発展に尽くした。君は本当に、暗記するのが苦手なんだな」

「ご先祖さまたちが揃って英雄なんだもの。一度には覚えきれないわ」

それに比べて、アントンハイム伯爵家の歴史はなんと楽だったのだろう、とサラは心の中でため息をつく。

――アントンハイムでは、薔薇を育てる以外名産品がないし歴史に関わるような偉業もないし。覚えるのが楽で良かったわ。

先祖があまりに偉大すぎるのも、考えものだ。

「十問中、君がきちんと正解したのは五問だ。明日はもう一度、初代から復習しよう。間違ったまま覚えないように、最初からさらい直したほうがいい」

「そうするわ」

「サラ」

机に寄りかかったままのジョゼフィールドがサラを手招きする。

「さあ、約束だ。五問間違えたんだから、キスも五回だ」

「…………………」

サラが悔しさに唇を尖(とが)らせた。

「早く。まさか約束を破る気じゃないだろうな？」

「う～……」

ジョゼフィールドからキスされたり、あちこち触れられたりすることにやっと慣れてきたばかりなのだ。

親愛の情を示す挨拶として、父親や兄たちの頬に軽くキスをしたことならある。だがそれは家族だから当然のことで、相手がジョゼフィールドとなると勝手が違ってくる。

サラは、渋々ノートを傍らに置いた。

「わかったわ。でも、どこにキスしたらいいの……？」

「どこでも。君の好きな所でいい」

ジョゼフィールドは目を瞑り、嬉しそうに腕を広げて待っている。

サラは覚悟を決めた。

爪先立ちになり、軽く軽く、触れたかどうかもわからないキスを右頬に贈る。するとジョゼフィールドが、あからさまに不満そうな顔をした。

「サラ。それではキスされたかどうかがわからない」

初心者に無茶を言わないでほしい、とサラは頬を膨らませる。

「もっと唇を強く押しつけて。それに、キスしている時間が短すぎる」

「――――っ、注文が多すぎるわ！」

恥ずかしさのあまり怒りながら、サラが手を伸ばす。

「こっち向いて。それから、もうちょっとだけ屈んでちょうだい。届かないわ」

ジョゼフィールドが笑って、サラを抱き上げる。

膝の上にサラを乗せると、目線の高さがちょうど良くなった。

「これでいいか？」

「うん」

ジョゼフィールドの背が高いから、身長差があって大変なのだ。サラは彼の頬を両手で包み込むようにして、額に唇を触れさせた。先ほどより数秒長く。

すると、ジョゼフィールドが吹き出した。くっくっと、おかしくてたまらないといった感じで喉を鳴らしている。

「赤ん坊を寝かしつけるようなキスだ。君は俺をこのまま寝かしつける気なのか？」

「できることならそうしたい気分よ！」

悔しさと恥ずかしさで半泣きになりながらも、サラは約束を破らない。

サラはジョゼフィールドに負けず劣らずの負けず嫌いだ。

三回目のキスをしようと左頬に唇を寄せると、ジョゼフィールドが微笑った。するりと、長い腕がサラの身体に巻きつく。

「可愛らしいキスも悪くはないが、少々物足りないな」

「ジョゼ、おとなしくして。悪戯しないで」

「俺は君に、もう少し大人のキスを教えたはずだ。続きは、寝室に行ってからにするか？」

「だめよ、私はこれから部屋に戻っておさらいする予定なの！」

「まだあと三回分の約束が残っている」

逃げようと暴れるサラを抱き締め、至近距離で目と目を合わせる。青紫の双眸に見つめられると、サラは途端に、全身の力が抜けてしまう。

「君からキスをするんだ。俺の唇を舐めて、開かせて。できるね……？」

得も言われぬ魅力的な声音に唆され、サラが、恐る恐る口づけた。

そっと唇を触れ合わせてから小さな舌を伸ばし、おずおずと触れる。ジョゼフィールドのやや薄めの唇を、舌先で怖々と舐める。

そこまでで精いっぱいだった。どうにも経験不足で、ジョゼフィールドが望むような口づけはできない。

「……………ジョゼ、もう無理…………」

ふるふると震えて今にも泣き出しそうになりながら、サラが降参した。途端にジョゼフィールドが舌をもぐり込ませ、息を絡め取る。サラはジョゼフィールドにしがみつき、必死になって嵐のような口づけを受け入れた。

舌を絡ませ、口の中を思うさま蹂躙される。飲み込みきれなかった唾液が、小さな口も

とを妖しく濡らす。

長い時間をかけて口づけを堪能したジョゼフィールドが、息も絶え絶えになってぐったりしているサラの耳に囁いた。

「このままここで、服を全部脱いで。俺の見ている前で、一糸まとわぬ姿になってみせてくれ」

「ここ、で……?」

一瞬、操られるようにサラはドレスの胸もとに手を這わせた。ジョゼフィールドの低くて深みのある声は、まるで魔法のようだった。この声を聞いているだけで、サラはふわふわと夢見心地になってしまう。

次の瞬間、はっと我に返る。

ここは寝室ではない。ジョゼフィールドの書斎だ。こんな場所で全裸になるなんて、いくら寝室が近いとはいえ、とんでもなかった。

「絶対無理！　なんてこと言うのよ、ジョゼの変態！」

恥ずかしさのあまり真っ赤になったサラが叫んでも、ジョゼフィールドは丸っきりこたえた様子がない。

「これくらい、たいしたことじゃないだろう。それとも、君が俺の服をすべて脱がせてくれるか？」

「それもいや！」

「どっちか、だ。両方でもいい」

「冗談じゃないわ、絶対にいやよ！」

強引に『約束』を実行させられ、サラが数日、最高にむくれっぱなしだったことは言うまでもない。

その夜からサラは、なおのこと授業に身を入れるようになった。

*

数日後の午前中のことだった。

サラが自分の書斎でノートを睨みつつ暗記に励んでいるとジョゼフィールドがやってきた。

「ちょっといいか？」

今日は、非番なのだそうだ。だから軍服を着ていないし、髪も自然な感じに下ろしてあった。

ちなみにサラはまだむくれているので、この数日、ジョゼフィールドとまともに顔を合わせることを避けている。食事中でさえも、目を合わせようとしない。

「今日も授業の予定なの」

つん、と澄まし顔のサラがそう言って素っ気なく断った。

サラがここ数日怒っているので、機嫌を取りにきたのだろう。

――そんなに簡単には許せないわ。

ジョゼフィールドはそんなサラの態度に、かえって相好を崩す。彼は外出用の、動きやすい服を着ていた。

「これから出かける用事があるんだ。君も一緒にどうだ？」

とても魅力的な言葉を聞いたような気がする。

「出かける？」

ぴく、とノートから視線を上げて反応を示したサラに、ジョゼフィールドが頷いてみせる。

「ここしばらく勉強ばかりで、疲れが溜まっているだろう？　たまには気晴らしをしよう。

外の空気を吸う時間も必要だ」

外は相変わらずのどんよりとした曇り空だが、雪が降っていない。

ラフルベルクの冬で、雪の降っていない日は貴重だ。

サラの頭の中から、さまざまなことが一瞬にして綺麗さっぱり吹き飛んだ。

「行くわ。喜んで！」

メイドたちがサラの外出用のドレスや外套をすっかり準備していてくれたので、すぐに着替える。

ジョゼフィールドに伴われて、玄関ホールを横に曲がり、馬を何頭も繋いだ厩舎に直接向かう。

「ジョゼ？　厩舎に行くの？」

馬を外に繋いでおくには、ラフルベルクの冬は寒すぎる。

大体は屋敷の敷地内に、大きな厩舎を造りつけてあるのが普通だ。石の屋根と壁とで馬を寒さから保護し、敷き藁で温かいベッドをこしらえ、乾いた餌と水とをふんだんに与える。

この国の貴族なら、大抵は馬を飼っている。田舎の領地に馬場を持ち、素晴らしい馬を繁殖させていることも珍しくない。

リーインスキー公爵家で飼育されている誇り高い馬たちの馬房がずらっと並んでいる光

景は前にも見たことがあるけれど、改めて見ると圧巻だった。

てっきり馬車で出かけるのだと予想していたサラは、ちょっとたじろいだ。馬車に乗るときにはあらかじめ、外の馬車寄せに御者が馬車を寄せておいてくれるから厩舎には立ち入らない。

「……馬に乗るの？　馬車じゃなくていいの？」

「たまには良いさ。それに俺がついているんだ。鞍を並べて遠乗りするのも悪くないだろう？　君の乗馬の腕前は見事だからな」

「でも、私……」

サラが何に逡巡しているのか、ジョゼフィールドには手に取るようにわかったらしい。

「シェンナには、俺から言ってあるから問題ない。彼女も気にしていたぞ。君があれ以降、一度も厩舎に行こうとしないから。彼女は別に、君の好きなものを取り上げたいわけじゃないんだ」

サラは愛馬をアントンハイム伯爵家に残してきたので、厩舎番の男が適当な馬を見繕って連れてきた。

サラの前に連れてこられた馬は、白くて首の細い、優雅な牝馬だ。サラに挨拶をするかのように、小さくぶるると鼻を鳴らす。

美しい馬を一目見るなり、サラが両手を打ち鳴らして歓声を上げる。

「素敵！　なんて綺麗な馬なの！」

ジョゼフィールドが、その様子に破顔した。


「ギャロップ、ギャロップ！」

サラが大はしゃぎで馬を走らせる。

「サラ、そんなに急ぐとまた落馬するぞ！」

ジョゼフィールドが快活に笑って、サラの隣に馬を並べる。

小さい頃から乗馬の授業を受けていたというだけあって、サラの腕前は鮮やかだ。軍人であるジョゼフィールドに勝るとも劣らない。

ただ体躯が華奢なので、ジョゼフィールドの愛馬のように大きな馬は乗りこなせない。

「それにしても、お見事の一言だ。乗馬は君の特技のひとつだな」

「前に、お兄さまたちに言われたことがあるわ。男装して軍隊に入ったらどうだいって」

「ははは！　それは良い！　海軍に入ってきたら、俺がびしびし鍛えてやろう！」

「ジョゼったら！」

石積みの土手を、海の方向へ一直線に走る。全身で風を切り、サラは久しぶりに爽快な気分を味わった。

王都は、少しずつ白に染まっていく。街にも雪が積もっているから、馬が足を滑らせないように注意しなければならない。その辺りのことも、サラは心得たものだった。

中央地区から外へ繋がる十字路に差しかかったとき、尋ねる。

「ジョゼ、これからどこへ行くの⁉」

ジョゼフィールドが手綱をさばき、サラの少し前に出る。ジョゼフィールドが行き先を決めているから、どこへ行くつもりなのか、サラには見当もつかない。

「こっちだ」

十字路を曲がり、ジョゼフィールドのあとについて馬を走らせる。

前方に、冬の色をした海が見えてきた。

灰色の空に、灰色の海。

凍りつく寸前の海は荒れて、波が高い。

「そろそろ、海軍基地が見えてくるぞ」

――海軍基地？

サラは白馬を操りながら、小さく息を詰める。

「海軍基地に用事があるの？」

「ああ。今日は休みなんだが、急ぎの書類を受け取りに行かなくてはならなくなってね。ちょうどいいから君に、俺の仕事場を案内しようと思って」

サラが前に、海軍についていろいろ話を聞いたことを覚えていたのだろう。

ジョゼフィールドは機嫌良く馬を走らせているから、サラが少し暗い表情になったことに気づかなかった。


「それでは、こちらでお待ちください。リーインスキー護衛官殿も、間もなく戻られると思います」

「ありがとう」

サラが基地の若い軍人に案内されたのは、官舎の一室だった。

基地の中は縦長に広くて、王族の所有する船や軍艦の停泊する港のほか、鍛錬場や厩舎、軍人用の宿舎などがひしめいている。

基地の人たちが利用するための食堂や洗濯場などもあり、基地全体がひとつの小さな町のようだった。

「基地の門の中へ入ったのは初めてだわ。去年トラード兄さまのお見送りに来たときは、馬車で直接港のほうへ乗りつけただけだったし」

海軍基地専用の港のすぐ隣に、民間港がある。サラが知っているのは当然、民間港のほうだ。

広い官舎の面接室からは、中庭の木々が見えるだけで海も港も見えなかった。ただ波音だけが、部屋の中にいても耳を打つ。

大波が、海面に打ちつけられてはまた波立つ。雷か大太鼓でも轟いているような音で、お腹の底に重低音が響いてびりびりする。

この時期の大海原はいつも、恐ろしいくらいに荒れ狂う。

サラは窓に近寄り、空を見上げた。見知らぬ場所でひとりというのは、どうも心細くていけない。

「――ジョゼ、早く帰ってこないかしら」

「サラ！」

聞き慣れた声に呼ばれる。

サラが振り返ると、ジョゼフィールドが扉を開けて面会室へ入ってくる所だった。

「ジョゼ。お仕事はもう済んだの？」

「ああ。受け取りの署名だけして、先に屋敷へ届けておいてもらうことにした」

道理で、ジョゼフィールドは手ぶらだった。

「行こう。許可が下りた」

「許可？」

「海軍自慢の軍艦が、今、軍港に停泊している。かなりの老朽船なんだが、この夏から化粧直しをしているんだ。完成したら一般公開する手はずになっていたんだが、その前に、君が見物しても良いと許可を取ってきた」

もちろん、甲板やデッキなど、当たり障りのない場所を見るだけだ。

操舵席やボイラーなど、軍艦の機密に関わるような場所を見ることはできない。

ジョゼフィールドは、得意そうに胸を張ってみせる。

「軍艦を見物できる機会なんて、そうそうないだろう？　好奇心旺盛な君ならきっと楽しめるはずだ。さあ、おいで。案内しよう」


サラが気がついたときには、すでに軍艦の上にいた。

「塗装が済んでいる箇所なら、ご自由に見学していただいて結構ですよ」

サラの父親と同い年くらいの海軍少尉が、案内役として同行している。

軍艦は大きくて、船に乗っている気が全然しない。

デッキの廊下を歩いても、ちっとも揺れないように固定されているから余裕だ。

——外の景色も見えないし、ちっとも怖くない。これなら大丈夫だわ。

サラはそっと、胸を撫で下ろした。

「——船というより、まるで小さな要塞みたいね」

「そのとおりだ、サラ。軍艦は別名、浮かぶ要塞と言われている。王族の専用船はもっと造りが豪華になっているから、浮かぶ城——浮遊城とも呼ぶのと対でね」

「あら。護衛官たちが乗る護衛船って、王族船とは別の船なの？」

「ああ。先払いをしたり後方支援をしたりするときは、護衛船に乗る。浮遊城に比べるともう少し規模が小さくて、その分足が速い」

ラフルベルクの近海には、悪名高い海賊たちもいる。

海賊退治も、海軍の重要な仕事のひとつだ。

「ジョゼはてっきり、王族船に乗っているのかと思っていたわ」

「両方だな。行事があるときは王族船にも上がるが、護衛船のほうが気は楽だ。面倒なしきたりがないから」

「とっても静かだけど……海を走っているときも、こんなふうに静かなの？」

「いや、そんなことはない。今は補修するための人員しか乗っていないから。航海に出ると軍人だけで二、三百人は乗るし、ボイラーの音も響くから結構うるさいぞ」

「海軍の人って、船酔いしない？」

「するさ。体質にもよるとは思うが……士官学校の卒業試験を兼ねて、一度、大がかりな訓練航海に参加する。客船にのんびり乗っているのと違って掃除から操縦までを全部自分たちだけで行うんだ。あれを乗り越えると、大抵の船旅では酔わなくなる」

「……大変なのね」

ふたりの会話に耳を傾けていた案内役の少尉が、ふと表情を和らげた。

「それにしても、お珍しい。こんなお若い令嬢が軍艦の見学にいらっしゃるとは……リーインスキー護衛官殿。こちらのご令嬢は、軍艦に興味がおありなのですか？」

「そうなんだ。かなりのお転婆でね」

「海軍士官としては、喜ばしい限りです。お礼の印に、とっておきの場所へご案内いたしましょう」

狭苦しい階段をいくつも上って、上へ上へと向かう。

最後に、鍵つきの頑丈な鉄扉を押し開く。

目の覚めるような冷たい風が、サラの頬と髪を撫でていった。

「見晴らしが良くて、ここからでしたら、王宮の金の塔を見ることができますよ。この軍艦一番の自慢の場所です」

「ああ、本当だ。よく見えるな。サラ、ほら」

先に甲板に上がったジョゼフィールドに手招きされ、サラは恐る恐る足を踏み出した。

辺り一面に、冷え切った潮の匂い。

耳をつんざくような荒波の音。

頭上を海鳥が数羽、円を描いて飛んでいくのが見える。

真新しく造り直して磨き上げられた甲板は鏡のように光り、四方を海に囲まれている。

桟橋を渡ったときは両横に風よけの幕があったから、海が見えなかった。でも今は、自分が海の上に――軍艦の上にいるのだということが一目瞭然だ。

ざっと、まるで体中の血が一気に音を立てて落ちたような気分だ。

甲板の上に立ち尽くしたサラの脳裏に、忌まわしい記憶が蘇る。

――風の冷たさと匂いが、あのときとそっくりだわ……。

冬の嵐の夜。沈んでいった人たちのあの無念の顔。

ここは、船の上。

「……っ」

寒さのためではなく怯えのために足がふらふらして、まともに立っていられない。胸が苦しくて息ができない。

少佐とあれこれ軍艦についての会話を交わしていたジョゼフィールドが、怪訝そうに振り向いた。

「どうしたんだ⁉　顔色が真っ青じゃないか！」

なんでもない、と頭を振ろうとして――。

「……サラ⁉　なんで君がここにいるんだ⁉」

よく知った声に、名前を呼ばれる。

この声は。

「サイード兄さま………？」

それが、限界だった。

サラの身体が、強い海風に翻弄されるようにゆっくりと崩れ落ちる。

ジョゼフィールドが目を瞠った。

甲板を蹴り、敏捷な動きで、サラの身体を抱き留める。

「サラ⁉」

軍艦の中に、サラを寝かせておくことができるような設備はなかった。まだ化粧直ししたばかりで、夜具も調度も積んでいない。

「馬車を呼んできてくれ！」

ジョゼフィールドが自分の外套でサラを包み込み、馬車に乗せて、官舎まで運び込む。

官舎の面接室の安楽椅子(いす)で、即席のベッドをこしらえる。

「鍛錬棟に一応、救護室がありますが……」

案内役の少尉が躊躇(ためら)いがちに申し出るが、ジョゼフィールドは首を横に振った。

「鍛錬棟は、軍人の資格を持った者しか入れない決まりだ。それより、常駐の軍医は」

「あいにくと、今日は休暇を取っておりまして」

ジョゼフィールドたちが騒々しく会話している間、サラは身じろぎひとつせずにぐったりと横たわっていた。甲板で気を失ってから、まだ意識が戻らない。呼吸は安定しているが、弱々しかった。

ジョゼフィールドが、白皙(はくせき)の冷たい額に自分の額を押し当てる。その間もサラが少しでも楽になるようにとドレスの首もとを緩め、腰のベルトを解く。

「――熱はないようだが……さっきまであんなに元気そうにしていたのに、一体どうしたっていうんだ」

「こちらのご令嬢は、何か持病でもおありですか？」

「いや、そんな話は聞いたことがない。貧血やめまいにしては、少し顔色が悪すぎるのが気になる。急いでここへ呼び寄せられるような医師は近くにいるだろうか。それとも、すぐに連れ帰ってかかりつけの医師を呼ぶか」

「……ちょっと失礼」

ちょうど仕事の合間だからといって、甲板で出会ったサイードもサラたちに同行してきていた。黙ってサラの傍（かたわ）らに腰を下ろし、顔を覗（のぞ）き込む。

サイードはアントンハイム家の次男だ。

同じ海軍士官とはいえ、ジョゼフィールドとサイードは管轄が違う。サイードは管理部署に籍を置いているから、ジョゼフィールドと海軍内で顔を合わせたことはほんの数回しかない。

サイードはサラの頭を撫でながら、静かに答えた。

「そんなに騒がなくても大丈夫ですよ。もう少しすればサラも目を覚ますはずです」

「だが、サラが倒れるなんて初めてだ。もしかしたら、重大な病気かもしれない」

するとサイードが、ゆっくりとジョゼフィールドに顔を向けた。

「それよりも、あなたはサラをここへ連れてきたのですね。リーインスキー護衛官殿」

アントンハイム伯爵家の三兄弟の中で、一番見た目がサラに似ているのがサイードだ。

このふたりだけが母親似で、キラルドとトラードは父親似である。

サイードは、その繊細な美貌に不快げな表情を浮かべていた。銀縁の眼鏡が、きらりと光を弾く。

「ああ、そうだ」

「サラは、あなたに何も言っていないのですか？」

「何をだ？」

サイードが妹の顔を痛ましそうに見やった。

「サラが倒れるのは、これが初めてではありません。船に乗るとこうなるので、我が家では遠距離の移動でも馬車を使っているんですよ」

サイードは普段からとても無口だ。自分からは、あまり喋ろうとしない。

唯一の例外はサラだ。

「港や官舎の中ならまだしも、甲板なんてサラには酷です」

「どういう意味だ？」

ジョゼフィールドがもどかしそうに問いただそうとするが、サイードは詳しくは答えず、はぐらかした。

「それより、早く妹をここから連れ出してやってください。ぐずぐずしているようなら私が、アントンハイムの屋敷へ連れて帰りますよ」

「だから、どういうことだと聞いている！」

その剣幕に驚いたのか、サラがぱちりと目を開けた。寝椅子に横たわったまま、サイードやジョゼフィールドの顔を交互に見つめる。顔色はまだ青白い。

「ここ、どこ……？」

「官舎だ。軍艦の上じゃない。もう大丈夫だよ、サラ」

「サイード兄さま」

サラは横たわったまま、腕を伸ばして次兄の首にしがみついた。幼い子どものようなしぐさだ。

「大丈夫だ、サラ」

「うん……」

「落ちついたかい？　もう平気？　気つけに何か飲むかい？」

「いらないわ、サイード兄さま……ジョゼは悪くないの。私、何も言ってないのよ」

サラが無理をしないよう、リーインスキー公爵家に使いを出して馬車を呼び寄せる。

「私たちが乗ってきた馬は？　残していくの？」

「心配ない。あとで誰か引き取りに来させる」

それまでは、基地の厩舎で預かっていてくれるらしい。

帰りの馬車の中で、ジョゼフィールドはひどく素っ気なかった。

屋敷へ戻ると、馬車を降りる前に、ブロッシュが迎えに出てくる。

「お帰りなさいませ。ジョゼフィールドさま、サラさま。アントンハイム伯爵家のトラードさまが、先ほどから客間でお待ちです」

「え？　トラード兄さまが？」

サラは婚約が整って初めてこの屋敷を訪れたが、トラードは以前からちょくちょく出入りしていたようだ。ブロッシュの口ぶりからすると、そんな感じがする。

ジョゼフィールドとトラードの付き合いは長いので、別に不思議ではない。

「俺が呼んだんだ。もう来ていたのか。早いな」

馬車から降りるサラのために、ジョゼフィールドが手を貸す。

「なんでも、ちょうどお出かけになるときに連絡が届いたとのことで……何かございましたか？」

詳しいことは、ブロッシュにも把握できていないのだろう。

少々不心得顔の執事の横を、ジョゼフィールドが早足で通りすぎた。王都を吹く風が湿り気を帯びて巻き、勢いも強くなってきた。

ブロッシュが、黄昏時の空を見上げる。

「――この分ですと、今夜は吹雪になりそうですね」

「トラードが帰れなくなるかもしれない。客室の用意をさせておいてくれ」

ジョゼフィールドが、サラを連れて客間へ向かう。主人のこんな不愛想な態度は初めてで、ブロッシュは上下に一度、眉を動かした。

優秀な執事は、それ以上の反応を露わにしない。

黙って、頭を垂れる。

「かしこまりました」

「やあ、ジョゼ。お邪魔しているよ」

トラードは、客間の暖炉の前で悠々と寛いでいた。

「サラも、久しぶり」

トラードはそう言って、椅子から腰を上げた。

妹を軽く抱き締めてから、親友の肩を抱いて挨拶する。

「もう平気なのかい？　まだ横になっていたほうが良くないか？」

兄に気遣われて、サラはびっくりして瞬きする。

「もう知っているの？　どうして？」

「サイード兄上から知らせが来たんだよ。ジョゼからの使いより先にね」

「ああ、そういうこと……」

ジョゼフィールドが、トラードの正面に腰を下ろした。

サラもジョゼフィールドに無言で促されて、隣に座る。

「トラード、話してくれ。サラが軍艦に乗るとどうして倒れるんだ？　サラもサイードも、ちっとも事情を話そうとしない。俺にはさっぱりわけがわからないんだ」

「サラ。話してもいいかな？」

トラードの瞳が優しい。

サラはこくんと唾を飲み込み、かぶりを振った。

「ジョゼには、私から話すわ」

「無理しなくてもいいよ？　サラが言いにくいだろうと思って、用事を明日に回してここへ来たんだ。サイード兄上もそのために俺に使いを寄越したんだろう」

「ううん。私が……そうしたいの」

サラは、きゅっと唇を噛んで覚悟を決めた。

「私が、お父さまやお兄さまたちに頼んでいたの。誰にも言わないでって」

サラが、膝の上で両手を握り締める。

ジョゼフィールドは、サラを真剣に見つめていた。

「私がまだ小さくて、物心もついていなかった頃の話よ。お母さまが私を連れて、ご自分の実家に出かけたの。お母さまのご実家は、アントンハイムよりも海に近い場所だったわ」

まだ三歳になったばかりの頃のことだから、前後のことはサラもあまり覚えていない。

ただ、母親とふたりで数日間、泊まりがけの里帰りをした。

父と兄たちはそれぞれ用事があって、王都に残った。

事件が起こったのは、その帰り道の途中だった。

本格的な雪が降り始める前に、サラたち母子は王都に戻るつもりでいた。

「サラの、母親……？」

ジョゼフィールドがトラードと知り合ったとき、すでにアントンハイム伯爵夫人アンネはこの世にいなかった。どうして亡くなったのかは、聞いたことがない。

「船に乗ったの。軍艦よりずっとずっと規模の小さい民間船で、ラフルベルクの停泊地を巡遊している旅船だったわ」

「今から十五年前のことだね。僕らは当時七歳で、まだ士官学校に上がっていない頃だったけど……君、覚えていないかい？　リューノルドの海域で、大規模な沈没事故があったこと」

トラードの言葉に、ジョゼフィールドははっと息を飲んだようだった。あのときは王都中が大騒ぎになったから、彼も覚えていたらしい。

「確か、嵐による転覆だったな。生存者はごくわずかで……乗客や乗組員のほとんどが死んだはずだ」

「そのとおり」

トラードが沈痛な面持ちで頷く。

「――まさか」

ジョゼフィールドが、最悪の可能性に思い当たり、表情を強張らせる。

サラはうつむいたまま、小さな声を絞り出した。

「……その、まさかよ。私は転覆した旅船に乗っていたの。お母さまと一緒に」

＊

十五年前は、嵐がことさら多い年だった。

穏やかな天気だったはずがいきなりなんの前触れもなく急変して船を翻弄する、いやな冬だった。

サラたちの乗った旅船が出港したときも、海は静かに凪いでいたのだ。そして港にたどり着く前に突発的な大嵐に遭い、船がばらばらになるほどの勢いで海面に打ちつけられ

——船底に穴が空いた。

救命用の小さな手漕ぎ船で脱出する暇もないくらい急なことだった。

冬の海は冷たい。

落ちたら最後、あっという間に心臓麻痺を起こして死んでしまう。

アントンハイム伯爵夫人アンネはそのことを知っていたから、冷たいしぶきが襲う甲板の上で、必死になって叫ぶ。

外は真っ暗な海。

旅船は大きく揺れて、まともに立っていることもできない。

雨風が激しく打ちつけ、雷が轟いて、まるでこの世の終わり。悲鳴が、泣き声が、怯え惑う声が船が裂ける轟音にかき消される。

甲板は救命船に乗り移ろうとする乗客でごった返し、阿鼻叫喚のありさまだった。船は沈没しかかっている。もはや、一刻の猶予もない。

『子どもがいるの！　救命船に乗せて！』

母親の必死な叫びが、まだサラの耳の奥に残っている。

『誰か！　お願い、子どもだけでも助けてちょうだい！　まだ三つなのよ！』

アンネの悲鳴を聞き取ったのか、ごつごつとした大きな手がサラを抱き取った。

母親と引き離され、サラだけが救命船に乗せられる。

『サラ……！』

『おかあさま……!?』

それが、母親であるアンネとの永久の別れとなった。

「手漕ぎ船を漕いでいた水夫が、ずっと私を抱き締めて、海に落ちないようにしてくれたのを覚えてる。すごく揺れて寒くて、雪嵐のただなかにいるみたいだったわ」

サラが乗った救命船が、乗れるだけの人数を乗せてなんとか脱出した直後。

旅船はそれ以上耐えきれず、暗い海の中へ沈んだ。

逃げ遅れた百人あまりの乗員たちは氷のような海水に飲み込まれ、たちまちのうちに命を落として沈んでいく。

水夫は幼い子どもをしっかりと胸に抱き締めて、その光景を見せまいとした。その腕もあまりのことに震えが止まらず、海水に濡れてひどく冷たかった。

「でも……見えたの。雷が鳴った瞬間、おかしいくらいに周囲が明るくなるの。海に沈んでいく人たちの姿が、そのたびに一瞬だけどはっきりと見えたの――」

サラは話しながら、泣きじゃくっていた。

逃げ遅れた人たちは悲鳴を上げるように目を見開き、そのまま、ものも言えずに波に飲み込まれていく。その姿。無念の叫びと、苦痛の表情。

あの光景だけは、忘れようとしても忘れられない。

サラはそのとき、母親の外套にしっかりとくるまれていた。

「あんな状況でも、お母さまは私を気遣ってくれた。私だけでも助けようとしてくれた。救命船に乗った人たちは一番近いリューノルドの港にたどり着いて生き残った、けど」

夜が明けて、旅船の惨状に人々が気づいたとき。

すでに手遅れだった。海運の国ならではの悲劇だ。

「……お母さまは、見つからなかった」

夫人が乗客名簿に母子の名前をきちんと記入していたから、アントンハイム伯爵家にも数日遅れで知らせが届く。

リューノルドは田舎町だ。

転覆船の生き残りを救助するため、てんやわんやの状態だった。国王の指示のもと、すぐさま軍隊が派遣されて事後処理に当たったたが、しばらくは騒然としていた。

当時のことを思い出して肩を震わせるサラに代わって、トラードが続きを引き取る。

「サラは冷たい雨に打たれて、海水もずいぶん吸い込んでいてね。肺炎を起こしかけて、意識がない状態だった。一時は、本当に命も危ぶまれていたんだよ」

アントンハイム伯爵ヴォルベールが三人の息子たちを連れてリューノルドへ駆けつける。

「リューノルドの病院の医師たちも僕たちも、サラを助けるために必死だった」

同時に、犠牲者の捜索も続いていた。

海軍や漁師たちが手を尽くして探しても、海に沈んだ遺体のほとんどは見つからず、絶望的なありさまとなった。

アンネの遺体も見つからない。

それでも、諦めなければならなかった。

生存が絶望的な状態であることは、誰の目にも明らかだった。

温かい南国の海ならともかく、氷の海はろくに防寒していない人間が生き延びられるような環境ではないのだ。やがて、捜索が打ち切られる。

一家は、アンネの死を受け入れなければならなかった。

「サラはそれまで、母親のことが大好きで片時も離れようとしなかったからね。ショックも大きかったんだろう。自分だけが生き残ったことを自分自身で責めてしまっていて」

それまで静かに聞いていたジョゼフィールドが、我慢できないといったふうに口を挟む。

「事故だ。サラが悪いわけじゃない。まだ幼かったサラに罪があるはずがない！　伯爵夫人だって、そんなことは望んでいなかったはずだ！」

そのとおりだ、とトラードが同意する。

「僕たちも同じ意見だよ。でもサラはそのあとも何カ月も熱が続いて寝たきりで、父上や医師たちがつきっきりで看病していたものだった。もちろん、僕たちも」

遺族たちは、生き残ったサラを守るために全力を尽くした。

「母の遺体は結局見つからないまま、弔（とむら）いを済ませてから、皆で王都に戻ってきたのは三カ月近く経ってからだ」

　だからアンネは今も、リューノルドの海に眠る。

　王都に戻ってきても、事故の恐怖は幼いサラの心にしっかりと刻み込まれ、なかなか消えなかった。

「夜の闇が怖い、雷が怖い、嵐が怖い。事故を思い出させるものはすべて怖がって、夜ごと、悪夢に悲鳴を上げて飛び起きる。雷が鳴ると、痙攣（けいれん）を起こすほど怯える。身体が回復するにつれてだんだん治まっていったけど――サラは今でも、船だけはだめなんだ。どうしても、思い出してしまうらしくてね」

　穏やかな横顔に苦悶の表情を滲（にじ）ませ、トラードがサラを見つめている。

　ジョゼフィールドが呻（うめ）いた。

「知らなかった……君たち兄妹が母親の話をしないのは、何か理由があってのことだとは思っていたが」

「僕たち兄弟には、母との記憶がある。可愛がってもらったし、優しい人だった。でもサラは、事故前の記憶をほとんど失ってしまった――高熱の後遺症でね。だから、母親との思い出がない。唯一の思い出は、あの事故と直結している」

「――だから、船に乗っただけであんなことに」

ジョゼフィールドがうなだれる。

サラは、沈んでしまった空気を取りなすように静かに言い添えた。

「お母さまのことは少しずつ、思い出しているわ。肖像画があるから顔もわかるし……だからお兄さまもジョゼも、そんな顔をしないで」

ジョゼフィールドが、うなだれていた上半身を起こして天井を見上げた。乱れた一筋の前髪を、吐息で吹き上げる。

「――アントンハイム伯爵家が、こぞってサラを溺愛している理由がわかったような気がするよ」

「父は今でも毎年、母に花輪を捧げにリューノルドへ出向く。でも、サラを連れて行ったことはないんだ」

想像もしていなかった経緯を知り、痛ましげに眉根を寄せたジョゼフィールドが、サラを見つめる。そして、低くつぶやいた。

「どうして、言わなかった。一言でも、いやだと言っていれば……君がそう言ってくれていたら、軍艦になど絶対に乗せなかったのに。知らなかったとはいえ、かわいそうなことをした」

ジョゼフィールドが立ち上がり、サラの前に許しを請うように膝をつく。

「サラ、すまない。俺の落ち度だ」

「ジョゼは悪くないわ。謝る必要なんてないのよ」

「そうだよ、サラ。どうしてジョゼに何も言わず軍艦に乗ったりしたんだ？」

理由を打ち明けなくても、サラが断れば良かっただけの話だ。

「寒いからいやだとでも言えば、ジョゼだって無理強いしなかっただろうに。いやなものを、無理して我慢するような性格じゃないだろう？　我が家のお転婆娘は」

雰囲気を変えるように、わざとおどけた様子で言われる。

サラも未だ青白い顔色ながら、ふっと微笑んだ。

「ジョゼと一緒なら、大丈夫だと思ったの。それに」

サラが、ほんの少しだけ目もとを赤らめた。

言いにくそうに、恥ずかしそうに、たどたどしく訴える。

「ジョゼは海軍士官でしょう？　私はその妻になるんだし……ジョゼがどこでどんなふうに仕事をしているのか、知りたかったのよ」

寝支度を整えたサラが寝室の大窓から外を見やり、心配そうにため息をつく。

「思ったとおり、外は吹雪よ。トラード兄さま、泊まっていけば良かったのにね」

ジョゼフィールドが窓の外にちらりと視線をやり、頷く。あのあとすぐにトラードは帰ってしまったので、一緒に夕食も摂れなかった。

「今日は突然だったからな。また今度招待するとしよう」

暖炉にくべてある柴の薪が、とても良い匂いを漂わせる。

ジョゼフィールドがサラの背後に立ち、長い腕で背中からすっぽりと包み込んだ。ジョゼフィールドのぬくもりに包まれて、心の底からほっとする。

「本当に、もう大丈夫なのか？　まだ具合が悪いんじゃないか？」

「どうして？　もう平気だってば。顔色だって戻ったでしょ？」

「夕食を、半分くらい残していただろう？　何か消化の良い軽食でも持ってこさせるか？食べられそうなものならなんでも言うといい。うちの料理人は腕が良いんだ。なんでも作れる」

ジョゼフィールドの過保護ぶりに、サラは思わず笑ってしまった。

「いらないわ。今日はいろいろあったから、ちょっと食欲が落ちていただけ。明日にはきっと戻るわ」

「本当か？」

「うん」

「また無理をしているんじゃないだろうな」

ジョゼフィールドが寝台に腰かけ、サラを膝に乗せる。サラはジョゼフィールドの肩に片手をあてがって、軽く抗った。ジョゼフィールドは、ことあるごとにサラを膝に乗せたがるので困る。

「なんだか、子ども扱いされているみたい」

「子どもじゃないから膝に乗せたいんだ」

「意味がわからないわ」

抵抗しても、がっちりと膝を押さえられてしまって、サラは逃げることができない。諦めて、身体の力を抜く。

「重くないの？」

「いいや。もう少し、肉をつけてほしいとは思っている」

「――――変なの」

ジョゼフィールドが、サラをあやすようにゆっくりと全身を揺らす。

サラが不意に、ジョゼフィールドの肩に顔を埋めた。

「――心配かけてごめんなさい。びっくりしたでしょう？」

「君の母親が亡くなっていることは知っていたが、まさかこんな事情があるとは思わなかった」

ジョゼフィールドのぬくもりに、サラはいつの間にかすっかり慣れてしまった。

ジョゼフィールドの肌からは、いつも、海の匂いがする。恐ろしいあの嵐の海ではなく、心地よい潮風の匂いだ。

「ジョゼには、いつか話そうと思っていたの。でもジョゼ、お母さまのことを話題にしないし」

「亡くなっていることだけは知っていたからな。気軽に触れられることではないと思って遠慮していた」

ジョゼフィールドらしい、慎重な気遣いだ。

サラは腕を伸ばして、ジョゼフィールドの首にしがみつく。甘えるしぐさに、ジョゼフィールドの目尻が嬉しそうに綻ぶ。

「君が俺の仕事に興味を持ってくれて……嬉しかったよ」

「そう？」

「ああ。華々しい行事はともかく、普段軍人がどこで何をしているかなんて気にする女性は、そうはいない。それに、君が俺のことを知りたがってくれるのは率直に喜ばしい」

思えばふたりとも、顔を合わせることはあっても、こうやってゆっくり話をしたことは少ない。

ジョゼフィールドがサラの金髪を指に絡ませながら、言葉を紡ぐ。

「俺は、海軍士官であることに誇りを持っている。国王陛下からの命令は絶対だし、艦に乗ることは避けられない」

「……うん」

サラが神妙に頷くと、ジョゼフィールドがサラの金髪に鼻先を埋めた。

「海軍士官の妻や恋人は、長く留守にされると心が弱ってしまう女性もいる。君は俺が知る限り、もっとも元気でまっすぐな女性だ……俺は、自惚れてもいいのか？」

ジョゼフィールドが、サラの耳の後ろの薄い肌に唇を押し当て、囁く。

「何を自惚れるの？」

サラが、ジョゼフィールドの膝の上で少し身じろぐ。こうして膝に乗せられていると、ジョゼフィールドの身体に起こっている変化がよくわかる。肌が燃え上がるように熱を帯び、下肢が昂ぶっているのもありありとわかってしまう。

「君が俺のことを知りたがっているということは、だ」

大きな手で仰向かされたかと思うと、あっという間に口づけられていた。

「俺に好意を持っている、と解釈していいのか？」

「ん……ぅ」

「――答えるまで、唇を離さない」

宣言どおりのキスの雨に、サラは困ってしまう。こういうときですら、ジョゼフィールドは有言実行の人なのだ。

そういえば、好意があるかどうか確かめる前に婚約の手はずが整ってしまったから、サラがはっきりと態度で示したことはないような気がする。

――ジョゼに、好きだと言われたこともないような気がするけど。それに、どう答えたらいいの……？

一所懸命考えて答えたいのに、肝心のジョゼフィールド本人が邪魔をする。返事を聞きたいというのなら、答え終わるまでじっとしていてほしい。

「ジョゼ、待って」

「いやだ。待たない」

唇を触れ合わせて、ちゅ、と吸い上げられる。

膝に乗せられていると、こういうとき不利だ。サラには逃げ場がなくて、ジョゼフィールドの思いのままなのだから。

「お返事したいから、ちょっとだけ待って。唇を塞がれたら、返事ができないわ」

サラがそう言うと、ジョゼフィールドの動きがぴたっと止まった。

お互いの睫毛が間近に触れ合って、くすぐったい。

「こういうとき、公爵家って、何か決まり文句とかある……?」

いささか自信がなさそうに尋ねる。ジョゼフィールドは最初、サラの質問の意味がわからなかったようだ。怪訝そうに尋ね返される。

「決まり文句? とは?」

「公爵家は、求婚を受けるときに難しい言葉遣いで返事をしなくちゃいけないとか、決まった言葉で答えなくちゃいけないとか、そういうしきたりがあったでしょう? 私が思ったとおりの答え方でいいの?」

「もちろん」

サラが婚約式のことを言っているのだろう、とジョゼフィールドも思い当たったようだった。

「リーインスキー公爵家の婚約式のことを言っているのなら、あれはもう三代前から廃れている儀式だ。以前は求婚するほうもされるほうも一挙手一投足まで規則があったが、今はもう関係ない。君の好きなようにしていい」

「それで？　君の返事は？」

サラが、一呼吸置いてからそっと答えた。

「私、ジョゼが好きよ」

「――そうか」

ジョゼフィールドが、満足そうに吐息を紡ぐ。

小鳥のように唇を重ね、吐息を重ね。

口づけが、どんどん深くなる。

ジョゼフィールドの唇がサラの唇を包み込み、互いの熱を移し合ったあと、肉厚の舌が遠慮なく侵入する。

腰が砕けてしまうような大人のキスだ。

閉じた瞼にも口づけを落として、ジョゼフィールドの声音が蠱惑的な熱を孕んだ。サラの手のひらに伝わる彼の鼓動は、とても速い。そして、その熱には甘い誘惑が宿っている。

サラにも、その熱が伝わる。身体の芯に、ぽっと熱いものが宿る。その熱がお互いの肌を焦がして、胸がどきどきと脈打った。

「君を、俺のものにしてしまっても構わないだろうか……？」

「ジョゼ？」

「初めての夜、あんなふうに泣かせてしまったので、もうしばらくの間は——せめて、結婚式を挙げるまでは自重しようと思っていたんだが。だめだ、我慢できそうにない」

ジョゼがそう言って部屋着の上着を脱ぎ、サラのショールを取り払う。

「何をするの？」

「怖がらせないよう努力するから」

「ちょっと待って、ジョゼ」

いとも簡単に寝台に押し倒され、サラは慌てた。

「ジョゼ、あの夜からずっと毎晩、いろんなことをしてるわ！　キスしたり……裸のまま抱き合って眠ったり、たくさん触ったり」

「ああ。それだけでなんとか我慢していた」

「あれで我慢していたの…………⁉」

サラが驚愕するのも無理はない。

毎晩毎晩、ジョゼフィールドは、サラが真っ赤になって気を失いそうになるくらい恥ずかしいことを、たっぷりしてきたのだ。それが夫婦の営みなのだと言い聞かされたので、そういうものなのだと信じて受け入れていたというのに。

「あの程度のことは、子どもだましだ。本当の営みは、あんなものじゃない」

「あれで⁉」

「君が純粋すぎるから、少し撫でて、俺に慣れてもらうつもりだった」

「全然、少しじゃなかったわ」

鼻先と鼻先を触れ合わせて、ジョゼフィールドが真摯な眼差しで問いかける。

「……俺を受け入れるのは、いやか？」

そう言われると、サラは弱い。毎晩繰り返される触れ合いで、サラはすでに蜜のように甘やかされる官能を知ってしまった。

「まだ……ちょっとだけ、怖いの。でも」

その先にある快楽を知りたくはないかと唆されて、心が揺れる。

まだサラの知らないジョゼフィールドがいると思うと、そのすべてを知りたいと思うのは、自然なことだった。

「私に、できるかしら……？」

躊躇うサラに、ジョゼフィールドが真摯に迫る。

青紫の視線が、サラの心も身体も絡め取る。

「怖がらせるようなことはしない。俺は君のすべてを知りたい。君には、俺のすべてを知ってもらいたい。営みは、そのための行為だ。どうか俺を受け入れてほしい。サラ」

サラは承諾の言葉の代わりに、そっと目を伏せ、小さく頷いた。


二の腕のやわらかな内側も、緩やかにたわむ背中の中央にも、綺麗(きれい)に浮かび上がる鎖骨にも。

太ももの内側にも、膝の裏にも、足の指の間にも。

ありとあらゆる場所をジョゼフィールドに濃厚に愛撫され、サラは荒い呼吸に喘(あえ)ぎながら、ぐったりと横たわっていることしかできなかった。

ジョゼフィールドの熱く滾(たぎ)るものを受け入れるためには、サラの心と身体はまだ幼すぎる。ジョゼフィールドはサラが何も考えられなくなるまで、激しく情熱的な愛撫を重ねた。

サラの金髪も白い肌も、汗にしとどに濡れる。

とろとろになるまで蕩(とろ)かされた身体はうつ伏せにされ、背後からジョゼフィールドが覆(おお)い被さる。腰をひょいと抱え上げられ、昂ぶりきった塊を下肢の付け根に押し当てられて、サラは思わず小さな声を上げた。

獣(けもの)のように四つん這いになったこの体勢は、とても恥ずかしい。

「あ…………！」

「サラ？　怖いか？」

「ううん……平気……」

「この体勢のほうが、君が楽だと思うから」

サラの目の前に、ジョゼフィールドが腕をついている。鍛えられた腕は太くて、がっしりしていた。その腕に額を擦りつけて甘える。

「怖くは、ないわ……ジョゼがちゃんといるって、わかるから」

背後からすっぽりと包み込まれているのは、心地よい。心臓が壊れてしまいそうなくらいどきどきするのと同時に、不思議なくらい安心感がある。

――こんな体勢で、こんな状況なのに。

泣きたいくらい恥ずかしいのに、ちっともいやだと思わない。

ジョゼフィールドが何を求めているのかがはっきりとはわからないけれど、サラが与えてあげられるものならば、なんでもしてあげたい、と率直に思う。

でもまだ、それは彼に伝えたくない。当面の間は、サラだけの秘密にしておきたい。

「サラ。いい子だ」

生まれて初めて、その身体に異性を受け入れる。

「挿入るよ」

全身から男くさい汗を滴らせたジョゼフィールドがそう言って、腰を進める。

「あ………っ！」

毎晩ジョゼフィールドによって慣らされてきた身体が、熱い欲望を挿入され、逃げることなく受け入れていく。

サラの手足は甘く痺れてしまって、自分ではもう動かせない。どこもかしこもすべて、ジョゼフィールドの思いのままだった。

サラが怖がって逃げないようゆっくりと、慎重に、ジョゼフィールドが侵入してくる。

熱くて大きな欲望が恐ろしくて、サラは咄嗟にシーツを摑んだ。

熱い。

一体この交わりは、どこまで続くのだろう。サラの中はもうジョゼフィールドでいっぱいで、苦しいくらいだ。

「や、無理、もう来ないで……っ」

無意識のうちに逃げを打つサラを、ジョゼフィールドがたやすく引き戻す。

「もうちょっとの我慢だ」

サラを励ますようにジョゼフィールドが囁いたが、腰の繋がりは一層深くなっていく。

「もう、だめ……！」

「あと一息だ、サラ。一気に進めるから、ゆっくり息を吐いて。そう……上手だ」

背後から首を捻じ曲げられ、強引に口づけられる。

サラがキスに気を取られたその隙に、ジョゼフィールドが一気に最奥まで己を突き入れた。

「んぅ……っ！」

サラの唇から、悲鳴とも嬌声ともつかない響きが零れた。

サラをきつく抱き竦めたまま、ジョゼフィールドが少しの間動きを止める。

「全部、入った。これで君は、俺のものだ」

ジョゼフィールドが、サラの目尻に浮かぶ涙をそっと拭い取る間、サラは必死に肩で息をしていた。

「や、いっぱいで苦しい……！」

「君が慣れるまで、しばらくじっとしていよう」

「……慣れたら、どうするの……？」

無垢な問いかけをすると、ジョゼフィールドが一瞬絶句した。

「知りたいか？」

「──う、ん」

「今すぐにでも教えてやりたいが……だが、あとでまた泣かれると困るな……」

泣かないから、とサラが呻くように囁く。ふ、と悩ましいため息をついたジョゼフィールドが、ゆっくりと腰を蠢かせた。

「え………⁉」

熱い欲望に蜜壷の中を擦られ、揺すり上げられる。

胎内から信じられないような悦楽がぞくぞくと広がり、サラは狼狽えて叫んだ。

──剥き出しの神経を、素手で刺激されているみたい……！

じんじんとした痺れが全身を犯し、頭がおかしくなってしまいそうだ。この感覚は危険だとサラの本能が告げている。

「待ってジョゼ、まだだめ！」

苦痛ならまだしも、快楽を我慢する方法なんて知らない。

ジョゼフィールドの身体の下でうつ伏せのまま、サラが取り乱す。

「あ、あ、やめてジョゼ、それ、や……っ」

最初は遠慮がちだった男の動作が、次第に荒々しく、情熱的に変化していく。ずるりと引いた腰を強く打ちつけられ、桜色の唇がとうとう悲鳴を上げた。

「やあ、ジョゼ、待って……！」

すっかり混乱したサラの様子に、ジョゼフィールドが動きを止めた。首を伸ばして、サラの顔を覗き込む。

「わかったか？　俺がしたかったのは、こういうことだ」

サラは唇を半開きにしたままシーツに頬を押しつけ、緑柱石のような瞳もぼんやりと霞んでいた。

はあはあと、肩を喘がせる。

あまりに大きすぎる快楽の前で、どうすることもできなかった。細いふくらはぎが、びくびくと不自然に痙攣する。

「……刺激が強すぎたかな」

ジョゼフィールドが苦笑して、白い背中に熱い舌を押し当てた。

「っ、きゃ……！」

ジョゼフィールドの行動のひとつひとつが、サラの肌を燃え上がらせる。蕩けさせられてしまったせいか、呂律がうまく回らない。

乱れた呼吸を繰り返していたサラは、心配そうにジョゼフィールドを見上げた。

「……ジョ、ゼ………」

ジョゼフィールドが、耳を寄せる。

「ん？　なんだ？」

「私、ちゃんとできてる……？」

ジョゼフィールドが微笑すると、その振動さえもが甘く広がって、サラは眉間に皺を寄せた。

「もうそろそろ、いいか？」

サラが返事をする前に、ジョゼフィールドが腰を引いて繋がりを解く。

「ん……っ」

急に引き抜かれる刺激に息を飲んでいる間に、サラはころんと仰向けにひっくり返されてしまった。

両足をはしたなく開かされる。さすがに彼が何をしようとしているのかがわかって、サラは真っ赤になって腰をよじった。

「あ、ん……待って、待って……！」

「それは無理だ。手を、俺の肩に乗せて。足も俺の腰に絡めるんだ」

耳に直接吹き込まれるジョゼフィールドの声は、サラをとろとろに蕩けさせる魔法のようだった。サラの心は恥ずかしがっているのに、怯えているのに、身体が勝手に従っていやらしい格好をさせられてしまう。

「こう……？」

唇を色悪に笑ませて、ジョゼフィールドがサラの細腰を掴み、遠慮なく打ち込んだ。大きく寝台が軋む。

「あああああっ！」

繋がり合った箇所は濡れて、触れ合うたびにぬぷぬぷと聞くに堪えない水音を立てた。

サラの頬が、かあっと火照る。

この世でもっとも淫らな音だろう、とさえ思う。

「や！　その音、恥ずかしいの……」

ジョゼフィールドの白金の髪の先から、汗が滴り落ちる。それが目にしみるのか、ジョゼフィールドは、つと眉間に皺を寄せて目を眇めた。

「ひ……！　やめてジョゼ、止まって……！」

「まだだ、サラ」

その間も、激しい律動は止まらない。ひっきりなしに、サラの体内にたくさんの火花が散った。小さな手が、助けを求めて青年の頭をかき抱く。

「そこ、だめ……それ、やだあ……！」

頭の天辺から爪先まで貫くような快感でいっぱいで、唇からとんでもない嬌声が溢れてしまいそうだった。サラは必死になってもがいた。

これ以上の快楽は危険だ。足を、無意識のうちにばたつかせる。

その足をジョゼフィールドが掴み、自分の腰へと強く引き戻した。

「…………逃げるな」

「もう、溶けちゃう。溶けちゃう、か、ら」

助けてちょうだい、とサラが涙を浮かべて懇願する。絹のシーツに、金髪が乱れ散る。

初々しい媚態（びたい）を目の当たりにして、サラの胎内にあるものが、一層いきり立った。

「や！　熱、い——————！」

寝台が、耳を塞ぎたくなるほど大きく軋む。

サラの白い肌が紅潮し、背中が反り返る。

「ジョゼ待って、お願いだから、ちょっとだけ待ってぇ……っ」

欲望に熱く滾る切っ先で最奥を容赦なく刺激されて、声が一際甘さを帯びる。華奢な手足がふるふると痙攣する。

絶頂が近いのだと悟り、ジョゼフィールドが手加減なしに突き上げた。

「あ……やあああーっ！」

力強く滾るものが、サラの一番奥で爆ぜた。その衝撃に、サラは息が止まる。

「あーっ……っ……っ、……！」

最奥に、熱いものを撃ち込まれる。

身体の一番奥深くに、ジョゼフィールドを受け入れた。

快感に研ぎ澄まされた鋭い感覚の中で、サラは、本当の夫婦の営みの意味を知った――

ジョゼフィールドに、教えられた。

なんという幸福感だろう。

好きな人と抱き合う幸せは、これまでの人生で味わったことがないものだった。

――まるで、生まれ変わったみたい……。

「あ……！」

四肢から、急激に力が失われていく。甘い余韻にがくがくと震えるサラの肢体を、ジョゼフィールドが力いっぱい抱き竦めた。

荒く乱れた呼吸を整えながら、サラが汗に濡れたまま、小さく囁く。

「……ねえ、ジョゼ」

「うん？」

「お願いだから……私、ちゃんと待ってるから。だから、海に出ても……絶対に、帰ってきてね……………？」

甘い双眸(そうぼう)の懇願に答えるジョゼフィールドの声が、熱くかすれた。

「ああ。約束する」

まだ夜は明けない。

「え……………？」

サラが、びっくりしたように目を瞠(みは)る。ジョゼフィールドの分身はまだサラの中にいて、それがいきなりぐんと首をもたげたのだ。あからさまな変化に、サラは動揺して目を泳がせる。

ジョゼフィールドが、苦笑した。

「悪い。一度では終われそうにない」

「え!?　そんな……だめ、ちょっと待って……！　まだ、まだ待って……！」

愛し合う時間は、たっぷり残されていた。

【5】

居間の暖炉の前で、サラが緊張しながらゆっくりと腰を屈めた。

ドレスの脇部分を少し摘まんで持ち、スカート部分に埋もれるように膝を折って、白鳥のように優雅に首を傾ける。一見簡単なしぐさのように見えて、実はこれが結構難しい。

何枚も重ねたペチコートが足に絡みついて邪魔をするし、踵の細くて高い舞踏会用の靴を履いているので、なおさらだった。

「舞踏会用の盛装って、飾りまで全部つけるととても重いのに、こんなふうに丁寧なお辞儀をしなくちゃいけないのね。転ばないでご挨拶できるかしら」

普通の挨拶は軽く膝を折るだけの略式でいいが、王族に謁見を許されたときはこうして、もっとも格式高い立ち居振る舞いをしなければならない。

サラの一挙手一投足を見守っていたシェンナ夫人が、嬉しそうに両手を叩いた。

「完璧でございますよ、サラさま。申し分ありません」

シェンナ夫人の授業も、佳境を迎えている。

「この分でしたら、来週に差し迫った王宮の舞踏会でも、注目の的ですわ。本当によくお勉強なさいましたもの。サラさまはリーインスキー公爵家の誇りでございます。ジョゼフィールドさまもきっと、お喜びになりますわ」

「うー……」

サラがちょっと間違えるたびに、ジョゼフィールドに何をされたかを思い出してしまい頬がぽっと赤らんだ。

——ジョゼったら、いつも、私が驚くようなことばっかりするんだもの。

先日の夜に結ばれてからというもの、ジョゼフィールドは情熱的にサラを抱くようになった。ジョゼフィールドの濃厚な愛撫は果てがない。

サラが気を失うように眠りに落ちて、やっと止めてくれることも少なくなかった。おかげで今もまだ、白い肌の奥が甘く痺れているような、変な感じだ。

「サラさま？　どうかなさいまして？　お顔が赤いようですが」

気を抜くと、ジョゼフィールドのことばかり考えてしまう。

おっとりと顔を覗き込まれて、サラははっと我に返った。

「いえ、なんでもないの。それより、王宮の舞踏会なんだけど」

「はい?」

王宮主催の大舞踏会は、一年で一番盛大だ。王都にいる貴族の家からは、最低でもひとりはこの舞踏会に出席することが義務づけられている。

真夜中まで延々と続く夜会なので、成人する前は参加できない。

サラも当然、今まで、この舞踏会のことは噂(うわさ)で聞くだけだった。

「お父さまも夜会は苦手だから、お兄さまたちしか行ったことがないのよ。それも、キラルド兄さまはほとんど仕事絡みの出席だし」

その日は夜会に人手を取られてしまう分、王都の警備が手薄になる。非番の陸軍士官は、うっかりしていると雪祭りの警備に引っ張り出されてしまう。

「海軍士官は、あまりそういうことはないようだけど……」

サイードはひっそりと目立たないようにしていることが多いし、トラードは神出鬼没で、どこで何をしているのかいまいち摑めない。

「貴族は皆、盛装で参加するんでしょう? 全部で、三千人くらいになるって聞いたことあるわ」

「さようでございますねえ。三千人よりもう少し多いですかしらね。王宮に出入りしている商人なんかも参りますから。あと、王都に滞在している外国の方なんかもいらっしゃいますわ、きっと」

公爵家は身分が高い家柄だから、結婚には、国王への報告が必要になる。

ジョゼフィールドは今度の舞踏会で、サラを伴って、国王に挨拶をしなくてはならないのだという。

「国王陛下の前で失敗したら、どうしよう……！」

ラフルベルクの国王は、茶目っ気のある人柄で知られている。

にこにことした白いあごひげが自慢で、国民から敬愛され、親しまれている。

「私、国王陛下に拝謁（はいえつ）するなんて初めてだし」

「お教えしたとおりのお振る舞いをなされば、大丈夫でございますよ。それに、ジョゼフィールドさまがご一緒ですもの。何かあったら、絶対に助けてくださいますわ」

サラのために、公爵家のメイドやお針子たちは最近大忙しだ。サラの身体に合わせたドレスを新調しているのだ。

大舞踏会は、リーインスキー公爵の婚約者としてお披露目（ひろめ）の日でもある。ああでもないこうでもないと、ドレスのデザインに楽しく頭を悩ませる。

両家の関係者以外は、王都の貴族たちも、領地の人々も、サラがすでにリーインスキー家に迎え入れられていることを知らない。

大舞踏会の日に、サラは初めてリーインスキー公爵家の紋章を身につけて人前に出る。紋章を身につけるということは、その家に迎え入れられた——つまり、婚約したということを示す。

そのための準備は、すでに始まっていた。

シェンナ夫人が、肩をうきうきさせながら指折り数える。

「さあサラさま、このあとはドレスの仮縫いですわ。それから髪結い係のメイドの練習を兼ねて髪型も決めましょう。当日お使いになる宝石類もそろそろ選ばなくては。忙しくなりますけど、頑張りましょうね」

＊

大舞踏会が開かれると、いよいよ、ラフルベルクの冬の祭典は最高潮を迎える。

大舞踏会の日から、王都は三日三晩雪祭りが開催される。

王都のあちこちで思い思いに雪像や雪の城を作り、子どもたちが遊ぶ。いたる箇所にある広場では中央に大きな篝火(かがりび)を焚き、雪を見ながら歌い踊り、雪を楽しむ。祭りに参加する人は、屋台で売っている白薔薇(ばら)を買い、身につけるのが決まりだ。

夜には雪道に火を灯し、恋人たちが身を寄せ合ってその美しい景色に見とれる。どこの店でも温かい料理や酒が振る舞われ、夜どおし音楽を奏でて、賑やかに過ごす。

昼の間ももちろん楽しいが、祭りが盛り上がるのはやはり夜だ。

王都で冬を過ごす人は誰でも、この祭りを心待ちにしている。

サラももちろんこの祭りが大好きで、兄たちと一緒に、毎年のように見物に出かけていたものだ。

今夜から始まる祭りのために、王都は朝から興奮に包まれていた。

その様子を馬車の中から、サラがうらやましそうに眺める。

「いいなあ、お祭り」

「行きたいのか？」

「うん。広場に飾られた大きな動物の雪像を見るのが好きなの」

「それじゃ、明日の夜にでも出かけてみるか」

「いいの⁉」

サラは、ぱっと喜色を浮かべた。

サラの隣にゆったりと腰かけたジョゼフィールドが、楽しそうに笑っている。

「ああ。今夜は無理だが、明日なら時間を作れる。君が頑張ったご褒美に、祭り見物に連れて行くくらいお安い御用だ」

サラもジョゼフィールドも、最高の盛装で身を飾っている。王宮の舞踏会に向かっている途中だ。大舞踏会には、参加するためのドレスコードがある。

ラフルベルクの伝統装束ではなく、舞踏会用の盛装だ。

国王をはじめとする王族に敬意を表し、それぞれ、最高の装いを凝らす。

そして今日は、どこかしらに雪を示す飾りを加える。男性なら雪の結晶の形をしたカフスボタンや、白絹のクラバット。

ジョゼフィールドも光沢のある灰色の夜会服に絹のクラバットを締め、上着の飾りボタンが雪の結晶の形に細工してあった。ボタンに小さく砕いたダイヤモンドを埋め込んであり、豪華な装いだ。

クラバットは彼の瞳の色と合わせた青紫色で、夜明けの空の色とよく似ていた。

軍服ではないので、あの薔薇の勲章はつけない。

白金の髪はいつものように後ろに流し、外套と手袋は上等の毛皮をふんだんに用いていた。

これほど派手に着飾ったジョゼフィールドを見るのは初めてで、サラは気を抜くと、うっとりと彼に見とれてしまう。もともと整った容貌の持ち主だ。いつもの軍服姿ももちろん似合うが、洗練された夜会服をさらりと着こなしている姿も格好良かった。

「ん？　なんだ？」

「なんでもないわ」

ジョゼフィールドに見とれていたことに気づいて、サラがはっと我に返る。

外の景色を見て無理にはしゃいでいたのは、照れ隠しでもあった。

サラのためにメイドたちが迷いに迷って選んだのは、豪奢な白絹のドレスだった。大きく開いた襟もとや袖に砕いた真珠やビーズを縫いつけてあるので、ちょっと動くたびにきらきらと光を弾く。

手首には繊細なレースと絹を重ねたリボンをブレスレット代わりに結び、リーインスキー公爵家の紋章がついた豪華な額飾りを嵌める。

この額飾りは、ジョゼフィールドの母親が結婚式の際に着けたという由緒ある品だ。

ドレスも装飾品も純白でまとめ、ただひとつ、髪に紅薔薇を挿しているのが優雅で目を惹いた。耳飾りは雪の結晶をかたどった品で、よく見るとジョゼフィールドの飾りボタンとお揃いの意匠になっているのが、サラのひそかなお気に入りだ。

女性は盛装しているとき、手袋を用いない。その代わり、毛皮で作った筒のようなマフに両手を差し入れて暖を取る。外套代わりに、毛皮の大きなショールも羽織っているので寒くなかった。

王宮に近づくにつれて緊張していくサラと違い、慣れた様子でゆったりと寛（くつろ）いでいたジョゼフィールドが忠告した。

「王宮には、かなりの貴族たちが集まっている。迷子になったりしたらおおごとだから、俺から離れないようにしてくれ」

確か三千人くらい集まるんだっけ、と思い出したサラは、すなおに頷（うなず）いた。

「わかったわ。約束する」

王宮前は大混雑していた。

それを見越して到着する時間帯をずらしていたのだが、それでも王宮の敷地内に入る大門の前の通りは、飾り立てた馬車の大渋滞だ。

「仕方ない。ここで降りて、あとは歩こう。サラ、歩けるか？」

「うん」

馬車はこのまま一度公爵家へ戻り、舞踏会が終わった頃合いで、また迎えに来てくれるのだという。確かに外庭には馬車がいっぱい停めてあって、これ以上は隙間もなかった。

御者に見送られて、雪が降る中を、王宮へ急ぐ。

「待て。濡れると風邪を引く」

ジョゼフィールドがそう言って、サラのショールをかけ直してくれた。

「ありがとう」

門の中へ入ると延々と列柱が続く。天井つきの外回廊だ。風は吹き抜けるが、雪には濡れずに済む。

柱の手前に、白と金のお揃いのお仕着せを着た従僕たちが等間隔に並んでいた。

辺りには、庭の景色を楽しみながらゆっくりと歩く貴族たちがひしめいている。

特に青年貴族たちは、外回廊を行き交う令嬢たちを熱心に見つめていた。今夜のダンスの相手を探しているのだ。

「ジョゼ、見て！　外庭にも雪像がたくさんある！」

大好きな雪像に気を取られてふらふらと近づいていくサラの手を、ジョゼフィールドがぱっと掴んで引き戻した。

「待て待てサラ、飛び出そうとするんじゃない。貴婦人らしくするんだ」

「ごめんなさい、ジョゼ」

庭を名残惜しく眺めながら外回廊を進んで、何度も何度も曲がり角を曲がる。

「――もう迷いそうだわ」

　サラが思わずつぶやく。

「王宮だからな。簡単にたどり着くようでは、警護が果たせない。王宮では、新人の従僕や女官が時々遭難するなんて話も聞く」

「遭難!?　本当に!?」

「すぐ見つけだせるように、新入りは腰に大きな鈴をつけるんだそうだ。そうすれば、誰かしらが見つけられるから」

　君にも鈴が必要かな、とジョゼフィールドが笑う。

「さあ行こう、もうじき総大理石の大階段が見えてくる。その階段を上がった先が、迎賓宮のホールだ」


　緊張しながらも、国王への謁見はなんとか無事に済ませることができた。

　迎賓宮の舞踏の間が、王宮でもっとも敷地が広いのだそうだ。迎賓宮の周囲には軍人の集まる軍宮、公務を行う執務宮、公式行事を行う催事宮などが立ち並ぶ。

　専用の馬場や厩舎、あちこちの宮を繋ぐ外回廊に、いたる所に配された緑の中庭。

そのもっとも奥にあり、王都名物である金の鐘撞き塔がそびえているのが、王族のみが住まう奥宮だ。ここへは、ごく限られた人間しか足を踏み入れることはできない。護衛官であるジョゼフィールドでさえ、奥宮に正式に参内したことはない。

今日は謁見を許された人数が多いので、サラはジョゼフィールドの横に立ち、深く腰を屈めるお辞儀をしただけで終わった。

そそくさと下がり、控えの間へ出る。控えの間である内回廊を進むと、舞踏の間に突き当たるのだ。

招待客たちはここで飲み物を飲み、しばらくの間歓談して、謁見を終えた国王が舞踏の間へやってくるのに合わせて場所を移る。

それとなく従僕たちが誘導してくれるので、たいした混乱もない。

重臣たちの長ったらしい挨拶も済んでダンスが始まったときには、すでにとっぷりと夜が更け、外にはしんしんと雪が降り積もっていた。

「お兄さまたちから話は聞いていたけど……本当に、王宮って広いのね。それに、どこにこれだけの人がいたのかって思うくらい、人でいっぱいだわ！」

謁見の緊張から解放されて、ようやくサラは辺りを見回す余裕ができてきた。

王宮の中はどこも、暖炉の火がうまく巡るように仕掛けを施してあるから、肩や首筋を露わにした盛装でも寒くない。むしろ人の多さで熱気がこもり、暑いくらいだった。

おまけに、無数のシャンデリアが煌々と広間を照らす。蠟燭も数えきれないほど並べて輝きを放ち、王宮全体が夜空の星のように煌めく。

サラが、小声でジョゼに尋ねる。

「国王陛下はどちらにいらっしゃるの？」

「あっちの柱のずっと奥の壇上に王座がある。国王一家はそちらにおいでだ。ここからは見えないよ」

サラは少し恥ずかしそうに、ジョゼフィールドに問いかけた。

「ジョゼ。私、どこかおかしくないかしら。髪型とか、ドレスとか」

「とてもよく似合っているし、どこもおかしくないよ。白い肌に、白絹のドレスが素晴らしくよく映える。本当に、うちのメイドたちの見立ては確かだな」

「ありがとう。慣れていないから落ちつかないの」

でも、とサラが続ける。

「ジョゼも、とっても素敵よ。よく似合うわ」

「それはそれは。どうもありがとう。俺は君を誇らしく思うよ。努力の甲斐あって、立ち居振る舞いも見事だ。今日のことを話してやれば、シェンナもきっと喜ぶぞ」

ジョゼフィールドがそう言って、ワゴンを押して回る従僕を呼び止めた。

たくさんの種類が並ぶワゴンの上から、薔薇のジュースの入ったゴブレットを取って渡す。

「どうぞ。薔薇のジュースは好きだろう？　それとも、オレンジのほうが良かったか？」

「薔薇がいいわ。ありがとう」

ジョゼフィールドは、透き通った酒入りの杯を選んだ。

「ジョゼのは、なあに？」

王宮の舞踏会では数多の種類の酒が供されるから、一目見ただけではわからないものも多い。味見をするように一口飲んでみて、かすかに首を傾げる。

「なんでも、東の海から運ばれてきた珍しい蒸留酒らしいが……少し甘いな」

「蒸留酒って甘いの？」

「酒を飲んだことは？」

雪国だから、酒は身体を暖めるための手っ取り早い手段のひとつだ。男たちは強い酒をいとも簡単に飲み干すし、女性も、甘い果実酒などを好んで口にする。

弱めの酒なら、子どもの頃から嗜むことも多かった。

「ないわ」

だから、サラのようなパターンは珍しい。ジョゼフィールドが、驚いて尋ね返す。

「全然？」

「そうなの。子どものときに、お父さまが飲んでいたお酒を、間違えて飲んじゃったみたいで。そのときはすごく酔っ払って、大変だったみたい。それ以降、私はお酒禁止よ」

「いろいろなことをしでかしているな、君は」

「別に、やろうと思ってやっているわけじゃないわ」

ぷっと頬を膨らませたサラが、ゴブレットの中身を飲み干す。ジョゼフィールドも杯を空けて、従僕に返した。

「そろそろ踊るか。おいで」

舞踏の間では、すでに皆、踊り始めている。舞踏の間が広すぎるので、いくつかの楽士団をあちこちに分けて配してあった。

舞踏会に招かれた以上、最低でも一曲は踊らなくては意味がない。若夫婦が踊るのはもちろんのこと、恋人同士も手を取り合って踊る。決まった相手がいない人は、相手を探して申し込む。

ジョゼフィールドがサラの腰に手を回し、寄せ木張りの床の上を滑るように、なめらかにエスコートする。

サラはジョゼフィールドのリードに身を任せて、軽やかなステップを踏むだけで良かった。

ドレスの裾が翻る。

サラが身動きすると、髪に挿した薔薇の香りがふわりと漂う。

ジョゼフィールドはそんなサラを見つめ、微笑んだ。

「さすがは俺のお転婆娘だ」

「もう！　また、その呼び方をする……！」

むくれたサラの手を摑み、くるっと回転させる。リードされるままにくるくる回ったサラは、つるつるとした床に足を滑らせる。

「おっと、危ない」

ジョゼフィールドが、胸にサラを抱き留めた。途端に、サラが弾けるように笑う。

「ちょっと、もう、ジョゼったら！」

舞踏の間では、大勢の貴族たちが会話を楽しんでいる。

その中で明るく華やかに踊るふたりの姿は、周囲の人目を惹いた。

「ほう……あのご令嬢はどなたかな。まるで白薔薇の妖精だ」

「いやはや、可憐な。雪の天使のようですな」

周囲の貴族たちは、美しい恋人たちの姿に目を細める。

「ダンスのお相手は、リーインスキー公爵家のご長男のようですな。なかなか優秀な人物だとか。御前試合でもご活躍なさったし、たいしたものだ」

父親や兄弟たちにエスコートされてきている若い令嬢たちも、騒ぎ始めた。

「フレデリカお姉さま、ご覧になって！　ジョゼフィールドさまと踊っているあの令嬢の、額飾り！　あれ、リーインスキー公爵家の紋章ですわ！　ジョゼフィールドさまは婚約なさったということ⁉」

「なんですって⁉　わたくし、そんな話は全然聞いていないわ！」

令嬢たちは、おもしろくない。彼女たちにとって、ジョゼフィールドは憧れの的だった。

凛々しくて涼やかで剣の腕が立ち、いついかなるときも紳士的な態度を崩さない、氷の貴公子——と、王宮でも評判が高かった。

士官学校時代から令名を馳せていたけれど、御前試合で優勝を果たしてからというもの、彼に熱を上げる女性たちは激増した。

美しい赤髪が特徴的な伯爵令嬢フレデリカが、すっかり気分を害して手にしていた扇の要をパチパチと打ち鳴らした。

士官学校時代からずっと、ジョゼフィールドを追いかけていた令嬢だ。御前試合でも、ジョゼフィールドを熱心に応援していた。

「婚約者(フィアンセ)とあんなに素敵に踊るなんてひどいわ。今までジョゼフィールドさまは、わたくしがどんなにお願いしてもダンスのお相手なんてしてくださらなかったのに」

フレデリカの妹で同じく赤髪のソフィアが、ひそひそと囁(ささや)く。姉妹揃って、雪を思わせる真っ白な羽飾りを髪につけているのが華やかだ。

「でも、お姉さま。ジョゼフィールドさまは、前もミレイユさまとは親しく踊っていらしたわ。覚えているでしょ？」

「……そうね。ミディネット大公閣下の愛娘の、ミレイユ嬢――ジョゼフィールドさまとは仲の良い従兄妹同士で、お似合いでしたものね。よくおふたりで踊っていらしたものだわ」

「ソフィアは、ジョゼフィールドさまはミレイユさまと結婚なさるんだと噂で聞いたことがありますわ」

妹の話にほとんど注意を払わず、フレデリカはそばを通り過ぎる従僕から、一番強い琥(こ)

琥珀色の酒をひったくるように受け取った。

「それなのにほかの方と婚約するなんて、ジョゼフィールドさまってばどうなさったのかしら。まさか、ミレイユさまに失恋なさったとか⁉」

フレデリカは杯をいとも簡単に空け、さらにお代わりの杯をひったくった。

「ソフィア、憶測もいい加減になさい。はしたない」

「だって、気になるんですもの。やけになって、誰でもいいからお相手を選んだのかしら。だとしたら、ジョゼフィールドさまもお相手もお気の毒だこと」

「気の毒というのなら、失恋したわたくしが一番だわ」

ソフィアはフレデリカが酒の杯を重ねているのに気づかず、苺の炭酸水を飲みながら首を傾げる。

「それにしてもあの婚約者の令嬢、どなただったかしら。どこかで見かけたことがあるような気がするんだけど……綺麗な方。それに、ダンスがとってもお上手。ねえ、お姉さま」

「サラ嬢よ。アントンハイム伯爵家の。士官学校でお見かけしたことがあるわ」

フレデリカは、どうしても納得できない。

続けざまに、もう一杯酒を飲み干す。

「どうして、わたくしじゃなくてサラなのよ……⁉　納得できないわ」

ようやく姉の酒量に気づいて、ソフィアが顔をしかめた。

強い銘柄を立て続けに飲み続ければ、いくらフレデリカが酒に強いといってもさすがに酔ってしまう。

「フレデリカお姉さま、飲みすぎですわ。お顔にはちっとも出てないけど、足もとがふらふらじゃない。休憩室で休んだほうがよろしくてよ」

そういった一連の会話は、サラの耳には届かなかった。

不意に軍服姿の若い海軍士官が近づいてきて、敬礼した。ジョゼフィールドが伴って（ともな）いるサラにも礼儀正しく敬礼をしてから、声を張り上げる。

「失礼いたします、リーインスキー護衛官殿。上官殿から護衛官殿へ、緊急の伝言をことづかって参りました！」

「こんな日にか？」

ジョゼフィールドが士官から伝令書を受け取る。さっと目を走らせ、顔をしかめた。

「──サラ、すまない。急用で、これからちょっと席を外さなくてはならない。軍の機密があるので、君を連れて行くわけにはいかないんだが……ここにひとりで放っておくわけにもいかないし。困ったな」

サラは、屈託(くったく)なく微笑んだ。

「いってらっしゃい、ジョゼ。私、お兄さまたちを捜してみるわ。少なくとも、サイード兄さまかトラード兄さまが来ているはずだもの」

「そうか？　だが……」

海軍士官が、遠慮がちに促(うなが)す。

「上官殿は、急を要するとのことでございましたが……」

「わかった。今行く」

苛立(いらだ)たしげに伝令書を胸の内ポケットに押し込み、ジョゼフィールドがサラに念を押す。

「すぐ戻ってくるから、この辺りにいてくれ。絶対に人気のない場所へは行かないように」

「いいわ」

「それと」

長身を屈めて、ジョゼフィールドがサラの耳たぶに唇を当てた。

「俺以外の男にダンスに誘われても、絶対に踊るんじゃないぞ。浮気をしたら承知しないからな」

「な、何を言うの⁉」

ジョゼフィールドが、快活に笑いながら立ち去っていく。海軍士官が、サラに敬礼をしてから急ぎ足で付き従う。それを見送り、サラは軽くため息をついた。

――今まで、とても楽しかったのに。

周囲には名前も知らないような人たちばかり。

そう思うと急に、大勢の中にひとりきりでいることが怖くなってくる。

本当は、こんな慣れない場所でひとりにされたくなかった。ずっと、そばについていてほしかった。

でも、行かないでとジョゼフィールドにわがままを言う気にはなれなかった。未来のリーインスキー公爵夫人としての、ささやかなプライドだ。

「仕方ないわよね。だって、お仕事だもの。ジョゼを困らせたら、かわいそうだもの」

ジョゼフィールドの仕事を支えるようにと、シェンナ夫人からも教育を受けている。

でも、心細さはどうしようもない。

不安げな表情をして、サラはきょろきょろと周囲を見回す。

「お兄さまたち、どこかしら……」

サラがひとりになったと見てとるや、機会を窺っていた男性たちがわっとサラを取り巻いた。女性と違い、男性たちはひとりで参加している人も大勢いるから、ダンスの相手が圧倒的に足りない。

「失礼、ご令嬢。どなたかをお捜しですか？」

「ダンスのお相手を申し込んでもよろしいですか？」

「それより、薔薇の花びらを浮かべたワインなどいかがです？」

これまで兄たちやジョゼフィールドに徹底的に保護されていたサラはある意味、王女よりも箱入り育ちだ。こういうとき、どういうふうに接したらいいのかわからず、困惑する。

――ジョゼ、早く戻ってきて！

「さあ、どうぞお手を」

無理に手を引かれそうになり、サラは慌ててあとずさった。

「いいえ……知り合いを見つけましたから。失礼いたします。ご機嫌よう」

舞踏の間を出て、内回廊を斜めに突っ切ると、女性たち専用の休憩室がある。

ダンスで疲れた身体を休めたり、化粧を直したりするための場所だ。

殿方用の部屋は、ここととは少し離れた場所にある。男性同士で葉巻をふかしたり密談したりするので、もうちょっと外に近いほうが都合が良いのだ。

女性用の休憩室へ、サラはおずおずと足を踏み入れた。男性は従僕であろうと立ち入ることができないので、中にはお仕着せのドレスに白いエプロンを着けた小間使いたちがたくさんいた。

「ふうん……ソファとかもたくさんあって、一休みできるようになっているのね」

兄たちを捜すことはできないが、男性たちから逃げるには一番の場所だ。ジョゼフィールドとの約束を破ってしまったが、仕方ない。

あれは不可抗力だと思う。

「エスコートしてくれる人がいないと、ああいうことになるのね。知らなかったわ」

知らない男性たちに囲まれてダンスに誘われるなど、初めての経験だ。

休憩室は、ドレス姿の女性たちで溢れかえっていた。まるで、満開の花畑を見るような気分だ。それぞれがどんな雪の飾りをつけているのか見るのも楽しい。

サラは、きょろきょろと辺りを見回した。

「お友達の中で、ここへ来ている人っていたかしら……？」

サラの親しい友人は、ほとんどがまだ十八歳になっていない。それかもう嫁いで田舎へ行ってしまって、王都にいない。

「あらぁ、サラ嬢じゃない？　こちらにおいでになったの？」

一人掛け用のソファに座る令嬢に呼び止められて、サラはほっと緊張を解いた。

――海軍士官学校の試合会場で、何度か会った人だわ。私と一緒で、兄弟が海軍士官で。名前は確か……。

顔だけは一応知っている。それだけの相手でも出会えたことが嬉しくて、サラはにこにこと挨拶した。

「お久しぶりでございます、ブランチュール家の令嬢でしたよね」

ブランチュール家の姉妹はとても綺麗な赤い髪をしていて目立つから、サラも覚えていたのだ。

「わたくし、次女のフレデリカですわ」

妹のソフィアと離れて休息していたフレデリカはつんと澄まして、顎を上げた。自慢の髪を引き立たせるように、ドレスも目の覚めるような紅色だ。

フレデリカはもともと酔いが顔に出ない性質なので、サラには、彼女が泥酔していることなど知る術もない。

「サラ嬢もおかわいそうですわねえ。婚約者がジョゼフィールドさまだなんて」

うふふと笑われて、サラにはなんのことかと小首を傾げる。

「かわいそうって……？」

「あらぁ、だって」

　フレデリカはたぶんこの夜のことを、明日になったら綺麗さっぱり忘れていることだろう。酔っ払っているので、口も軽くなっていた。

「ジョゼフィールドさまは、ミレイユさまのことがお好きなんですもの。でもミレイユさまとは結婚できないから、あなたはその身代わり」

「え」

「わたくし、考えたんですけど。どうせ身代わりの相手なら、あまり身分の高い家柄の娘を迎えるより、あなたくらいの家のほうがちょうどよろしいんじゃなくて？　蔑ろにしても文句を言われることもないだろうし、第一、お飾りでもなんでも、伯爵令嬢が公爵夫人になれるだけでも感謝しなくてはね？　アントンハイム伯爵家なんて、うちより格下なんですもの」

「——そんな話ってないわ。ミレイユという方の名前を聞いたこともないし、ジョゼはそんな人じゃないわ」

　初めて耳にする話に驚いたサラが、やっとのことでそれだけ言う。

　うふふ、とフレデリカは笑いながら続けた。

「まあ、仕方ないことですわ。お相手があのミレイユさまですもの。ラフルベルク一番の美女、あらゆる男性の憧れのようなお姫さまよ。サラ嬢もわたくしと一緒に、やけ酒をいかが——あら？」

すっかり目が据わってきたフレデリカが顔を上げると、サラの姿はもうそこにはなかった。

——きっと、何かの間違いよ。フレデリカ嬢はきっと、誰かと勘違いをしているんだわ。だって。

「ミレイユさまって誰なの……？」

そんな人のことを、サラはジョゼフィールドから聞いたことがない。

——ジョゼがその方のことを好きとか、私はその身代わりだとか。そんなの嘘よ。嘘に決まっているわ。

サラは懸命に、そう思おうとした。

けれど少しだけ、フレデリカの言葉に引っかかるものがある。

「確かにジョゼの家とうちとは、格が違う……」

それは、サラも気になっていたことだった。

「……うちにとっては名誉なことだってお父さまが喜んでいたけど、公爵家にとってのメリットって何もないんだし。ジョゼは、どうして私を選んだのかしら……」

後ろ向きになりかけた思考を振り払うように、サラは勢いよく首を振った。

「いいえ。ジョゼは、そんな人じゃないわ」

そう、自分に言い聞かせる。

サラとしては、ほとんど会話をしたこともないフレデリカよりも、幼なじみのジョゼフィールドのほうがずっと信じられる。

「――ジョゼが、もう戻ってきているかもしれない。そうしたら聞いてみましょう、ミレイユっていう方のこととか、噂のこととか。何か知っているかもしれない」

舞踏の間へ戻ろうと内回廊へ出たサラはそこで、信じられない光景を目にした。

大きな飾り柱の陰に隠れるようにして、長身の男性が、若い令嬢と密談でもするように顔を寄せ合い、くすくすと忍び笑いをし合っている。

サラからは後ろ姿しか見えなかったが、その男性がジョゼフィールドであることは一目瞭然だった。あの白金色の髪を、見間違えるわけがない。

「ジョゼ…………？」

サラは目を瞠（みは）った。

――お仕事で出て行ったはずのジョゼフィールドが、どうしてこんな所にいるの。

上背があるのでジョゼフィールドはいつもサラに話しかけるとき、背を少し屈めるようにしてサラの顔を覗き込む。サラは、そのしぐさがとても好きだった。

今、ジョゼフィールドはそれと同じことをしている。

親しそうに。

サラ以外の女性に。

「――なんて綺麗な黒髪……」

相手は遠目からでもわかるくらい、美しい女性だった。

ほっそりとした白鳥のように優雅な首に、品良く結った黒髪の巻き毛が美しい。近くで見なくても、美しい黒曜石のような瞳をしていることも、長い絹のような睫毛をしていることもわかる。

まるで、お伽噺の絵から抜け出してきたようだ。サラは今まで、こんなにも美しい女性を見たことがなかった。

ジョゼフィールドが優しい笑顔を浮かべて、何かを囁きかけた。すると女性が、笑いながら扇を広げ、その陰で何事かを囁き返す。親密そうな様子に、はっと思い当たる。

「あの方が、ミレイユさま……?」

フレデリカの言っていたことは事実だったのだろうか。

――まさか。

柱の陰に隠れて、お互い誰をエスコートするのでもエスコートされるのでもなく、ふたりきりで忍び会う理由が、ほかにあるだろうか。

――フレデリカ嬢の言うとおり、ジョゼはミレイユさまのことが好きで、私は、ただの身代わりだったの……？

ミレイユは煌めく夜空のような紺色のドレスに、ほっそりとした身体を包んでいる。

改めて、思い出す。

――私はジョゼに、はっきり『好きだ』と言われたことはないわ。

ドレスの色が海軍の軍服と同じ色だと気づいたとき、サラはそっと踵を返して、その場を走り去っていた。


かつん、こつん、と靴音が回廊に響き渡る。

無我夢中で飛び出してきたせいで人気のない場所に出てしまったらしく、見渡す限り誰もいない。風の吹き抜ける列柱の向こうに、雪に染まった中庭が広がっていた。

真っ暗な空からはらはらと雪が降り続けるさまは美しいのに、サラは全然嬉しくなかった。普段なら、喜んで眺める大好きな光景のはずなのに。

「ふぅ……」

人混みから離れて、少し落ちつきたかった。

今まで熱気のこもる場所にずっといたので、回廊を吹く冷たい風がむしろ爽快だ。

「それにしても、ここ、どこなのかしら」

「迎賓宮の奥庭だよ、お嬢さん」

「きゃあ!?」

まさか誰かがいるとは思っていなかったので、サラがびっくりして飛び上がる。

「ごめんごめん、そんなに驚くとは思わなかった」

柱の陰から姿を現したのは、まだ若い男性だった。

年の頃は、サラと同い年くらいだろうか。大人びた佇(たたず)まいながらその反面、面立ちに少しだけ、あどけなさが残っている。

大舞踏会の夜だというのに夜会服ではなく、陸軍の正装である煌びやかな第一軍服を着ていた。勲章をつけている隣に、雪の飾りピンもさりげなく刺してある。

青年が腰に剣を佩(は)いていることに気づいて、サラははっと気づいた。

聞いたわ。

――今夜の催しに軍服佩刀を許されているのは、王族だけだってジョゼフィールドから

何人もの王子たちの中で、今、海軍ではなく陸軍に所属しているのは確かひとりだけだったはずだ。名前も、王族名鑑をいやになるほど見たから覚えている。

「ギルベルト・アシュクロム王子殿下……？」

「あれ、よく知ってるね。僕の顔はほとんど知られていないはずなのに」

サラは慌てて、シェンナ夫人に習って覚えたお辞儀をして、深く膝を屈めた。

「そんなにかしこまらなくていいよ。どうせこんな所じゃ、誰も見ていない」

ギルベルト王子が手を差し伸べ、サラを立ち上がらせる。サラはおずおずと、その手を取った。かなり長い間ここにいたのか、ギルベルト王子の手はひんやりと冷たい。

「ところで、君の名前を聞いてもいいかな？」

「サラ・アントンハイムと申します」

「アントンハイム……ああ、狂犬キラルドの妹君かい？」

狂犬、と言われて、サラは吹き出してしまった。キラルドが普段陸軍で、どれだけ好き放題暴れているかが想像できる。

「はい。兄が、いつもお世話になっております」

「へえ、あのキラルドのねえ……」

ギルベルト王子が、無意識のうちに唇を尖らせた。

「知ってる？　あの男の太刀筋って、性格そのもので無茶苦茶なんだ。全然先が読めなくて豪快で、しかも無鉄砲。なのに強いんだ。手合わせをしても、一度も勝てたことがない。あれは納得いかないね。釈然としない」

すらすらと並べ立てられて、サラはとうとう声を上げて笑い出す。

ギルベルト王子はとても楽しい人柄のようだ。

「サラ嬢は、王宮は初めて？」

「はい」

ギルベルト王子とのやり取りに、サラはつい、警戒することを忘れてしまった。ひとりきりでいたらしいギルベルト王子も、話し相手ができて嬉しそうだ。

「それで、どうしたの？　皆、ダンスを楽しんでいる頃合いじゃないのかい？　君をエスコートしてきたのは誰？　その紋章は、公爵家のものだよね？」

宮廷の一部の人間は、紋章を見ただけで家名がわかるものらしい。

ギルベルト王子がサラのきらきらと輝く額飾りをまじまじと見つめ、首をひねる。

「僕は紋章に興味がなくて、あまり覚えていなくてね。でも、身覚えがあるんだよな。どこの紋章だったかなあ……？」

紋章に疎い王子は噂話にも疎いらしく、サラがジョゼフィールドの婚約者であると知らないようだった。


「王子殿下は、舞踏の間にいらっしゃらなくていいんですか？」

サラの無邪気な問いかけに、ギルベルト王子が鷹揚に答える。

「いいんじゃない？　別に、僕ひとりくらいいなくても。国王陛下の孫息子は、僕を含めて十人以上いるからね」

「そういうものなんですか？」

「そういうものだよ。王族の暮らしなんてね」

ギルベルト王子はダンスの時間が終わるまでは、こうして誰にも見つからない場所で時間を潰しているのだという。親しくもない貴族たちに取り囲まれてちやほやされるのが大嫌いなのだそうだ。

「君が寒くなるまでの間でいいから、ちょっと話し相手をしてくれないかな？」

そう言われて、サラは少し考えてから、こっくり頷いた。

並んで回廊の壁にもたれかかって、降りしきる雪を眺める。吐き出される息が白い。ギルベルト王子に、サラがここに来るまでの経緯を話すように言われて迷う。

——ジョゼが不利になるようなことは、言いたくないわ。

そのジョゼフィールドのことを思い浮かべただけで、サラの胸がつきんと痛んだ。

まだ、先ほど受けた衝撃が強く残っている。

——思わず見とれてしまうくらい、綺麗で見事な黒髪だったわ……。

「——あの、ギルベルト殿下。ミレイユという名前の女性を、ご存じですか？」

「ミレイユ？　どのミレイユ？」

ラフルベルクでは珍しくない名前だ。腕を組んで考え込んでいたギルベルト王子が、思い出した、と指を鳴らす。

「ミディネット大公家のミレイユ嬢のことじゃないかな。王宮でミレイユ嬢といったら、彼女のことだ」

「黒髪の、お綺麗な方……？」

「そうそう。それはもう、素晴らしくね。ラフルベルクの宮廷でも一、二を争う美女だ。宮廷人も軍人も、彼女に憧れない男はいない」

「そんなに………？」

「別格なんだよ、彼女は。人間ではなく、雪の女神の化身だとでも思っていたほうがいい」

サラがうつむく。

ギルベルト王子が合図すると、どこからともなく近習（きんじゅ）の少年が、銀の盆を捧げ持ってやってきた。一体今まで、どこに隠れていたのだろう。

びくっとするサラに、美少年が丁寧（ていねい）に黙礼する。

「さあ、どうぞ。身体が温まるよ。気分が晴れないときには、これが一番だ」

ギルベルト王子が杯を取って渡してくれる。

深くは考えず、サラはその杯に口をつけた。なんの味かはわからないが、口当たりは甘い。

ミレイユ嬢のことで頭がいっぱいで、杯の中身を気にしている余裕はなかった。

「サラ嬢が何を気にしているかは知らないが」

サラの態度で、大体の事情を読み取ったのだろう。

ギルベルト王子が、穏やかに説得する。

「貴族同士の結婚なんて、しょせんそんなものだ。夫婦は飾り物と同じ。君の夫となる男が誰に恋焦がれていようが気に病むことはない。君も結婚してから、自由に恋を謳歌すればいいじゃないか」

「そんなの、変だわ！」

サラが反発する。ぱっとギルベルト王子を見上げると、くらりと視界が回ったような気がした。ギルベルト王子が、心配そうに眉根を寄せる。

「どうした？　気分でも悪い？　身体が冷えてしまったかな？」

気分がおかしいというか、とにかくひたすらに視界がぐるぐる回る。足がふらついて、立っていられない。

「いいえ。でも、あの……」

「まさか、酔った？　ごめん、普通に飲めると思ってちょっと強めのカクテルを」

「え。あれ、お酒だったの……？　あら…………？」

そのまま、身体が後ろに倒れそうになる。

「危ない！」

ギルベルト王子と近習の手が差し出されるその直前。

「サラ！　なんで君がこんな場所にいるんだ！」

大股で駆けつけた人物がサラの背に回り込み、その腕でしっかりと抱き留めた。

帰りの馬車の中では、ずっとお説教が続いていた。

大通りは雪祭りの見物客が多くて馬車を走らせることができないので、少々遠回りして帰る。

サラは窓から雪祭りの景色を見ることもなく、椅子にもたれてクッションを抱え込み、青い顔をしていた。

退出しても良い頃合いになるや否や、ジョゼフィールドはサラを無理やり馬車に乗せたのだ。サラはまだ酔いが残って、めまいがひどい。

「私、もうお酒は飲まないわ…………」

「ああ、そう願いたいものだ」

行儀悪く足を組んで頬杖をついたジョゼフィールドは、不機嫌丸出しの態度を隠さない。眉間に皺がきつく寄せられていたが、馬車の中は薄暗いのでサラにはよく見えなかった。

それでも、ぴりぴりとした空気だけは手に取るようにわかる。

「約束を破ったこと、怒ってる？」

「当然だ。だがそれより、俺以外の男とふたりきりでいたことのほうが問題だ。君は警戒心というものがないのか？　ギルベルト殿下は手の早い方ではないからまだ良かったが、不用心すぎる」

雪を踏みしだいて進む車輪の音、馬の蹄の音、御者の掛け声。それらが混じって、サラの耳に響く。気分が悪いときに聞きたい物音ではなかった。

サラは、口から出かかった言葉を飲み込んで押し黙る。

「…………」

王都の主要な通りには融雪剤が撒かれているが、それだけではこの降雪量に対して到底足りない。

踏み固められた雪は固いから、馬車もがたがた揺れた。

「頭まで痛くなってきた……」

軽い吐き気を覚えて、サラはため息をついた。

その隣でジョゼフィールドも、黙って窓の外に目を向けていた。

リーインスキー公爵の屋敷の中は、いつもよりずっと静かだった。

使用人たちが、雪祭りに合わせて休みを取っているのだ。

田舎から出てきた家族たちや恋人、友人たちと楽しい時間を過ごすために、公爵家では皆が平等に休暇を取れるようになっている。

例外はブロッシュだけだ。

勤勉な執事は、いついかなるときも屋敷にいて、すべてのことに目を配っている。

そのブロッシュすら遠ざけて、寝室の暖炉の前で。

舞踏会用の盛装から着替えることもしないまま、サラとジョゼフィールドはお互い、自分の心を持て余して苛立っていた。

サラは馬車の中ですでに、舞踏の間から離れた理由を説明している。ダンスに誘われそうになって約束の場所に留まっていることができず、うろうろと迷っているうちに外回廊でギルベルト王子と会ったのだ、と。

フレデリカに会ったことは言わなかった。

フレデリカに言われたことも言わなかったし、ミレイユのことも口にしなかった。

――やましいことがないなら、ジョゼのほうから、ミレイユさまのことを話してくれるはずだわ。

そう思ったからだ。

暖炉の横に立ったジョゼフィールドが、暖炉の上の煉瓦（れんが）を指先で叩く。やや神経質になっていることを隠さないしぐさだ。ジョゼフィールドにしてはかなり珍しい。

「君が約束を破った理由はわかった。それに関しては俺は、怒っていない」

「……そう。わかってもらえて良かったわ」

暖炉の前の椅子に座るサラの返事は冷ややかだ。

「何が気に入らない？　俺が席を外したことを怒っているのか？」

「別に怒ってないわ。お仕事だったんでしょう？」

サラは勇気を振り絞って、付け足す。

「お仕事のあとで、誰かに会った？」

「誰か、とは？」

「――トラード兄さまとか」

「いいや。残念ながら、誰とも行き会わなかった」

ジョゼフィールドが、さらりと答えた。

サラの、淡い桜色の唇が震えた。

――嘘つき。

ミレイユと密会していたことを、サラは知っている。

ただの友人で、たまたま会ったからちょっと話しただけだと説明してくれれば、サラはすぐに信じることができるのに。

――ミレイユ嬢のことが好きだから、隠しているの……？　フレデリカ嬢の言っていたことは、本当なの……？

サラは、自分がどんどん後ろ向きになっていくのを止めることができない。

だって、ジョゼフィールドに嘘をつかれるのは初めてだ。

出会ってすぐの頃から口が悪くて、しょっちゅうからかわれたりしてきたけれど、嘘をつかれたことは今まで一度もなかった。

知りたくなかった、と、サラは心の底から思う。

サラは再会してからというもの、ジョゼフィールドにどんどん惹かれた。だからジョゼフィールドも、サラのことが好きなのだと思い込んでいた。なんと浅はかなことだろう。ジョゼフィールドはきっと、ミレイユ以外の女性なら誰でも良かったのだ。たまたま手近な所にサラがいただけ。

「――ジョゼの、嘘つき」

小さな小さな声に、ジョゼフィールドが眉を吊り上げる。

「酔っているにしても、聞き捨てならないな。俺は君に嘘をついたことなんて、一度もない」

「嘘をついたわ」

「何をだ。一体なんのことを言っているんだ？」

重いため息をついたジョゼフィールドが、サラに詰め寄る。

サラは、ふいと顔をそらした。

「言いたくない」

サラの頑なな態度に、ジョゼフィールドがむっと眉根を寄せる。

「そうか。なら、好きにしたらいい」

手首を掴み取られ、ぐいっと引き寄せられる。

椅子からいともたやすく引き上げられたサラはそのまま、毛足の長い絨毯の上に放り出された。

「何するの！」

華奢な肢体の上に、ジョゼフィールドがのしかかる。きちんと後ろに流していた白金色の髪が乱れて、一筋、目の前に降りかかっていた。

剣呑な気配を滲ませるジョゼフィールドの姿は、今までサラが一度も見たことがないほど野性的で、恐ろしかった。

「言いたくないのなら、言わせるまでだ。君がすなおになるまで、根比べをしよう」

「ジョゼ………!?」

ドレスを肩から引き下ろされる。剝き出しにされた胸にジョゼフィールドがいきなり唇を寄せたので、サラは狼狽えた。

「こんな所で……やめて！」

「やめない」

ジョゼフィールドがきっぱり言って、上半身を起こして逃げようとしたサラの胸を背後から揉みしだき、こね回す。途端に甘い疼きが襲いかかって、サラはドレスが乱れることも構わず抵抗した。

「やめて、離して！　いきなりこんなふうにするなんて、ひどいわ！」

「そうか」

ジョゼフィールドが、静かにそう言いながらサラを見下ろす。その静けさが、かえってサラには恐ろしいように感じ取れた。

「ひどくなければいいんだな？」

「え？」

「そっちのほうが君にはつらいかもしれないが……君がそれでいいというのなら、仕方がない」

「ちょっと待ってジョゼ、何をするつもりなの⁉」

白絹のドレスの裾を派手に割り開かれて、サラは慌てふためき、裾を戻そうとした。

けれどサラが起き上がるよりも早くジョゼフィールドが上半身を屈めて、サラの下肢を抑えつけてしまう。

サラの下着と靴が奪い取られ、部屋の隅へ放り投げられた。

「え……っ!? 嘘、いやよジョゼ、それだけはだめ！」

サラが叫んでもお構いなしに、ジョゼフィールドがサラの想像もつかなかったことを始める。足首を摑まれて脚を折り曲げられ、その中央を、秘所をざらりと舐め上げられる。

未知の感覚に、サラは悲鳴を上げて抗った。

「そんな所、舐める所じゃないわ……！」

いくら叫んでも、やめてくれない。

サラは、突然の暴挙にすっかり取り乱していた。

その間も、ジョゼフィールドはサラの秘所に舌を忍び込ませ、花心を舌先でぐりぐりと責め、臀部や太ももを愛撫する手を止めない。

あろうことか、ジョゼフィールドの指先が下肢の飾り毛すら唆すように撫で回し弄ぶ。

サラの身体はたちまち、悦楽に染められてしまった。

お互い着飾った姿のままで、宝石も外していない。

それなのに絨毯の上で胸と下肢だけを露わにされているというのは煽情的で、サラは羞

恥のあまり、頭の中が沸騰してしまいそうだった。

「やめて、お願い……こんなのは、いや！」

いやがるサラを押さえつけ、ジョゼフィールドが敏感な花芯を舌で嬲る。サラの感じる場所を指でも舌でも責め上げると、サラの呼吸が啜り泣くような切なさを帯びた。

「離してぇ……っ」

ぴちゃぴちゃととんでもない所を舐め回されているのに、ジョゼフィールドの姿が見えない。サラの腹部にドレスの裾がたくさん折り重なって、下肢がどんなことをされているのか、全然わからない。

怖いはずなのに、それ以上の官能がサラを襲った。

「……っ！」

細腰が、不意に跳ね上がる。

絶頂を迎えて息を喘がせている最中だというのに、さらに舌で蜜壷をこねくり回されて、今度こそ絶叫する。

「やあ、だめぇっ……！」

続けざまに与えられる快楽が強すぎて、緑色の双眸に涙が滲んだ。

「ジョゼお願い、だか、ら、ちょっとだけ待って……」

「すなおに話す気になったか？」

ジョゼフィールドがサラの身体にのしかかる。至近距離で目と目を合わせて、囁かれた。

「さっきから気になっていたんだが、君はなんのことを言っているんだ？　俺は、君に嘘をついた覚えはないよ。ひどい言いがかりだ」

サラはもうそれどころではなかった。白い肌を桃色に染め、息を弾ませて、必死になって彼を見上げる。

昂ぶらされた下肢がいきなり放り出されて切ない。

ジョゼフィールドはサラの瞳を覗き込みながら、思わせぶりに、ゆっくりと指を蜜壷の奥まで差し入れた。

「あ…………っ」

サラが大きく仰け反る。自分の意志とは無関係に、腰が浮いてしまう。

熱く潤んだ内部が、きゅうきゅうとジョゼフィールドの指を絞めつけた。

サラの心よりも、身体のほうがずっとすなおでわかりやすい。

ジョゼフィールドは己の下肢を寛げ、いきり立って荒ぶるものを摑み出す。

熱い雫が滴るサラの腰に、その熱塊が押しつけられる。

「……っ」

さんざんに煽られ焦らされた白肌が、かすかにわななく。サラの心を今占めるのは恐怖ではなく、期待だ。

甘い蜜事を覚えさせられてしまった身体が、さらなる快楽を待ちわびて震えている。

ジョゼフィールドはそんなサラの懊悩を知ってか知らずか、先端だけを秘所にあてがい、ぐちゅぐちゅと揺すり立てて弄ぶ。

「だめ、ジョゼ、ジョゼ……っ」

今すぐ最奥に、熱いものがほしい。

一息に突き入れてほしい。

半泣きになったサラが腰を浮かせ、態度で懇願する。ジョゼフィールドは絨毯の上にあぐらをかき、その上にサラを抱き上げた。初めての体勢に戸惑うサラの膝の裏を抱え上げる。

たくましく隆起したものの先端と、サラの蜜壷とが触れ合っていやらしく濡れ光る。

このままでは、サラの身体の重みで沈んでしまう。ジョゼフィールドのものに真下から貫かれてしまう。

わかっていてもサラは、抵抗することができなかった。待ち受けている快楽の甘さを知っているだけに、もう待てない。

蜜壷から、蜜が新たに滴り落ちる。

ジョゼフィールドが、欲望を抑え込んだ声音で低く尋ねた。

「俺が、ほしいか……？」

サラは必死になって頷いた。一刻も早く、この燃え盛る熱をどうにかしたい。これ以上焦らされるのは、耐えられなかった。

「……焦らさないで。意地悪、しない、で……」

「もう一度聞こう。君は一体、何を隠しているんだ？」

「――――なにも、隠してなんかないわ」

「この、強情者……！」

膝を離され、一気に突き込まれる。

「……っ！」

目裏に火花が散る。

はあはあと胸を喘がせながら、サラはジョゼフィールドの膝の上で大きく痙攣（けいれん）した。声にならない快感に白い喉もとが震え、繋がった箇所は熱くぐずぐずに崩れてしまいそう。

「なるほど。君は、こうされるのが好きだったのか」

「違、う……」

「そうか？」

もう一度、膝を抱え上げて、わざとゆっくり引き抜かれる。

「あぅ……っ、それ、や……」

サラの唇から、つややかな呻きが漏れた。それをジョゼフィールドに聞かせまいと、必死に唇を噛んでこらえる。

「君は、どこもかしこも可愛いな。君の中も、きゅうきゅうと俺にしがみついてきている。とてもすなおだ」

「ちがう、ってば…………ああああーっ！」

一息に最奥まで穿たれて、悲鳴を紡ぐ。腰を両手で掴んで、真下から激しく責め上げられてサラは首を激しく振り乱す。

「やめて、壊れちゃう……！」

膝立ちになったサラに、ジョゼフィールドは角度を変えて何度も突き上げてくる。そのたびにすさまじい官能が胎内を駆け巡り、サラはこれまでとは比べものにならないくらいの熱に翻弄される。

「飛んじゃい、そう……っ」

サラは助けを求めて目の前の肩にしがみついた。

ジョゼフィールドは容赦せず、熱く滾る欲望を最奥に迸らせた。

「やぁ…………！」

サラが声もなく叫んで背中から床に倒れ込むほど、ジョゼフィールドの絶頂は長く激しかった。

「は、あ…………っ」

激しい交わりに、サラの意識がぼうっと霞む。

絨毯の上に仰向けになったサラに覆い被さり、汗を光らせながらジョゼフィールドが傲慢に言い放った。

「まだまだ、やめてやる気はない。君が正直に打ち明けるまでは、眠らせない」

降り積もった雪が、すべての物音を吸い取って静かだ。

荒い息遣いだけが聞こえる寝室の中は、意外なほど明るい。

カーテンを閉めていない窓から、雪明かりが飛び込んでくるせいだ。だから蠟燭を灯さないままでも、サラがとろとろに蕩けさせられているありさまが、くっきりと浮かび上がる。

居間からこの寝室に場所を移したあとも、獣のように激しい交わりが続いていた。

「あ……う…………っ」

サラが呻く。

さんざんに喘がされ続けたせいで声がかすれて、もう悲鳴にさえならない。ジョゼフィールドに何を答えるように言われていたのかさえ、忘れてしまった。

過ぎた快感は、拷問に等しい。

寝台の上で、サラは大きく足を開かされ、ジョゼフィールドを受け入れさせられていた。お互い着ていたものはいつしか脱げて、全裸だ。サラの額飾りは残っているものの、髪は乱れて寝台の上に広がる。

同じく一糸まとわぬ姿になったジョゼフィールドが、艶めかしい媚態を演じるサラを熱っぽく見下ろしながら腰を大きく揺さぶる。

緩急自在の蠢きに、サラが甘く喘いだ。

「も、だめ……ジョゼ………………!」

もっとも深い所で繋がり合ったまま、ジョゼフィールドが身動ぎすら許さず抱き締める。

弱い箇所を執拗に刺激され、サラは唇から唾液を零して懸命に快楽に耐える。

すでに何度か気を失いかけている。そのたびにジョゼフィールドが内部をかき乱して、気絶することさえ許されない。甘い蜜に溺れさせられるような責め苦に浸され続けて、意識を保っているのも限界だった。

「も、助けて………おね、が……、い…………！」

全身が昂ぶらされてしまって、サラはどこもかしこもぐちゃぐちゃだ。汗と涙と、互いの体液が混じり合ってシーツがはしたなく濡れる。

何度も立て続けに絶頂を味わわされ朦朧（もうろう）として、視界が霞む。

「――まだだ、サラ」

ジョゼフィールド自身、何度果てたかもう覚えていないだろう。飲み込みきれなかった白濁が、サラの太ももを妖しく伝う。

「ひ、もう溶けちゃう、溶けちゃ……っ」

サラが、びくびくと腰を跳ね上げる。

何度も絶頂を繰り返して、サラはとうとう意識を手放した。

朝になってサラが目を覚ましたとき、すでにジョゼフィールドの姿は寝室にはなかった。

【6】

「やあサラ、おはよう。よく来てくれたね」

サラが馬車から降りようとした所で、アントンハイム伯爵家の馬車留めまで迎えに出たトラードがにっこりと微笑(ほほえ)みかける。

今日は朝から氷混じりの風が吹き、ほんの少し外にいるだけでもすぐに凍えてしまう。

「トラード兄さま」

トラードがサラに手を伸ばし、馬車から降りる手助けをする。

サラもトラードも、暖かな外套をしっかり着込んでいた。それでも寒くて、サラは少し身震いした。昨夜はあんなことになってしまったので、身体がまだ怠(だる)い。

「さあ、早く中へ入って」

トラードに先導されて、サラは久しぶりにアントンハイム伯爵家の中へ立ち入った。

こぢんまりとした玄関ホールでは、慣れ親しんだ使用人たちが嬉(うれ)しそうにサラを迎える。

リーインスキー公爵家の瀟洒(しょうしゃ)な屋敷に比べれば手狭だけれど、サラにとっては毎年、一年の半分を過ごしてきた家だ。改めて、懐(なつ)かしさが込み上げてくる。

「朝のうちから急に呼びつけたりして、悪かったね」

煉瓦(れんが)張りの室内階段を上がりながら、サラはトラードに尋ねた。

「それはいいけど、どうしたの？　わざわざ馬車まで寄越(よこ)して、急に来てほしいなんていうから驚いたわ。何かあったの？」

「サラに、紹介したい人がいるんだ。ずっとそう思っていたんだけど、なかなか良い機会がなくて。今日を逃すと、次がいつになるかわからないものだから」

そのまま、客間へと連れて行かれる。

「トラード兄さまの、お客さま？　一体どなたなの？」

客間の扉を開けると、ふわっと花の香りが漂ったような気がした。一足先に客間へ入ったトラードが、安楽椅子(いす)に座る相手に手を貸し、立ち上がらせる。

「お待たせ。紹介するよサラ。僕の恋人のミレイユ嬢だ。もっとも、まだ認められていないので秘密の関係なんだけどね」

つややかな黒髪を華やかに梳き下ろしたその女性は、大きな瞳を優しく見開いて、にっこりと微笑んだ。

「初めまして。ミレイユ・ミディネットと申します。どうぞよろしくね、トラードの大切な妹姫」

――昨日、ジョゼと密会していた方だわ。間違いない。

漆黒の絹よりも美しい輝きを放つ黒髪に、見覚えがあった。

――近くで見ると、もっともっと綺麗だわ……！

思わず感嘆してしまうほどの美貌だ。

恋敵かもしれないのに、サラは一目でこの女性のことが好きになってしまった。

だって、美しい上にとても優しい目をしている。こんな目をした人なら、誰だって好きにならずにはいられない。

どんなに優れた人形細工師でも、彼女ほど繊細な美しさを作り上げることはできないだろう。

――雪でできた、白薔薇の花みたい！

この女性が、どうしてここにいるのだろう。どうして、トラードと一緒にいるのだろう。どうして、自分に向かって微笑みかけているのだろう。

サラは一瞬でミレイユに魅了され、返礼することも忘れて立ち尽くしてしまった。

「サラさま？　どうかなさって？」

「そういえばサラ、顔色が悪くないか？　昨日の大舞踏会で疲れたのかな？」

トラードたちに促されて、安楽椅子に腰かける。

サラと同様、トラードとミレイユも今日は盛装していなかった。ミレイユは普段用の暖かい布地を使った細身のドレスで、トラードも飾りの少ない平服だ。

「ミレイユさまが、トラード兄さまの恋人なの……？」

「あれ？　ミレイユのことを知ってるの？」

「噂で、少しだけ……」

「そうなんだ。今まで隠していたんだけど、サラには紹介したいとずっと思っていたんだ。ちょうど父上が仕事で王都を留守にしているし、兄さんたちも仕事。紹介するなら今日しかないと思ってね」

「お父さまやお兄さまには、教えたらだめなの？」

「だめじゃないけど、秘密を守るためには関わる人数をできるだけ絞ったほうが確実なんだ」

ミレイユと見つめ合うトラードは、幸せそうだった。

——トラード兄さまのこんなお顔は、初めて見るわ。

「わたくしのお目付役の夫人が、今日は雪祭りで休暇を取っているの。わたくし、お友達と雪祭りに行くと言って抜け出してきたのよ。そうでもしないと、監視が厳しいの」

ところで、ジョゼフィールドはどうしたんだ、とトラードが尋ねる。

「一緒に来てくれと伝言したはずだけど？」

「ジョゼは留守にしているの。それで、私だけ先に来たのよ」

「留守ですって？」

トラードとミレイユが、顔を見合わせたた。

ミレイユはサラより二歳年上で、二十歳を越えたばかりなのだそうだ。そのせいか、サラより少し落ちついて、しっとりした風情があった。

「おかしいなあ。ジョゼは今日、非番のはずなのに。緊急の呼び出しでもあったのかな」

「それより、秘密の関係ってどういうこと？　恋人同士なのにどうして？」

サラの率直な質問に、トラードが苦笑いを浮かべる。ミレイユも同じような表情をしていた。

このふたりは、わりと性格が似ているのかもしれない。

「ミレイユの家は、大公閣下の血筋でね。ご両親は、ミレイユと王族の結婚を望んでおられるんだ。つまり、僕のような田舎貴族は端から相手にされない」

「お父さまたちが勝手に盛り上がっているだけよ。わたくしは、あなたとでなくちゃいや。無理に結婚させせられるくらいなら、家出します」

ふたりの話を聞いているうちに、サラは、トラードとミレイユが立場の違いを超えて、本当に愛し合っているのだと悟った。

「二年前の大舞踏会の夜に出会ったの。わたくしがほかの方とお見合いをさせられそうになって逃げ出したとき、助けてもらったのよ」

トラードも、懐かしそうに表情を和ませる。

「君がミディネット大公家の姫君だとは知らずにね」

けれど愛し合うようになっても大公家がそれを許さず、付き合いを邪魔されて、ふたりは公の場で会うこともできないでいるらしい。

「大変なんだよ。ミレイユにはお目付役が始終つきっきりで目を光らせているし。僕が出した手紙すら、ミレイユには届かない。だから隠れて付き合いを続けるしかなくて苦労しているんだ」

「ええ。ジョゼフィールドが協力してくれなかったら、わたくし、もっと早くにどなたかに嫁がされているところだったわ」

「ジョゼ？」

その名前に、サラはつい反応してしまう。そうよ、とミレイユがにっこり微笑む。

姉妹がいないミレイユは、サラと話すのがとても嬉しそうだ。

「ジョゼは、わたくしの従兄なの。この間まではわたくしの秘めた恋人のふりをして、舞踏会でダンスの相手をしてくれたり、トラードとの手紙の仲介役を受け持ったりしてくれていたのよ」

え、とサラは目を瞠った。

「ミレイユさまとジョゼは、従兄妹同士なの……？」

「ええ。年が近いし、子どもの頃はよく一緒に遊んだわ。ジョゼから聞いていない？」

「ジョゼは、最高の『虫除け』にもなってくれたしね」

「彼には感謝しているわ。でも昨日、もうわたくしの相手はできないと断られてしまったの」

ミレイユが、サラを見つめながらくすくすと笑う。

「とっても幸せそうに、本当の恋人がいるから、もうダンスはその恋人としか踊らないって。その恋人がトラードの妹姫だなんて嬉しいわ」

「ちょっと待って……！」

一気にいろいろなことを知らされて、すぐには事情を飲み込めない。

サラは慌てて、頭の中を整理し始めた。

「ミレイユさまが、トラード兄さまの恋人？　ジョゼは……つまりジョゼは、ミレイユさまと結婚したいわけじゃないの？」

は？　と怪訝そうな表情になったのはトラードだった。

ミレイユの肩を抱き寄せ、自信たっぷりに言い切る。

「サラ、一体何を言っているんだ？　たとえミレイユであろうとも、ジョゼが相手にするわけないじゃないか。ジョゼは士官学校時代からずっと、君のことを一番に気にかけていたんだから。というか、君しか見ていなかったぞ、ジョゼは」

「そんなはずないわ。だって士官学校時代のジョゼは今と違って口が悪くて意地悪で」

そこまで反論しかけて、ふと気づく。

フレデリカに言われた言葉とミレイユの美しさに圧倒されてしまって、すっかり混乱していたのだけれど。

「――ジョゼって、もしかして、今とあんまり変わってないかもしれない……？」

「そらみろ」

親友の心中は、トラードが誰よりもよく理解していたようだ。

「あいつはね、練習試合のときなんかで学校が公開されていると、よく校内をうろうろしていたんだよ。君がどこかで迷子になっていたら、すぐ助けられるように。君が来たら、誰よりも先に会えるように」

「ジョゼって、そういう所でも負けず嫌いなのよね。きっと、ほかの誰かが先にサラさまに会うのがいやだったのよ。自分が一番にサラさまに会いたかったのね」

サラは思わず、両手で頭を抱えてしまった。

――ジョゼは、私のことが好きなの……？

よく落ちついて考えてみれば、思い当たる節はあるような気がする。

「え？　え？　え？　だってジョゼ、港近くで再会するまでもそのあともずっと、私のことをお転婆娘、お転婆娘って」

「彼なりの愛情表現だよ、それは」

「そうなの!?　お転婆娘っていうのは、悪口じゃなかったの!?」

トラードが、とても優しい目で妹を見つめた。

「時と場合によってはね。でもジョゼにとっては、紛れもない愛情表現だ。僕も、ミレイユのことをはねっ返りだと思っているよ。ほかの男たちは、おとなしい女性だと思っているだろうけどね」

「わたくしがはねっ返りになったのは、あなたと恋に落ちてからよ」

「おふたりの話にはすごく興味があるけど、ちょっと待って……今、頭が混乱しているから、あとでゆっくり聞かせて」

この数か月でジョゼフィールドに惹かれ、そして、恋に破れたと思い込んでしまった。

——だってジョゼは私に、『好きだ』って言わないわ。

この言葉ひとつがあるかないかで、だいぶ違ってくる。

誤解は解けたけれど、ジョゼフィールドはひどく気分を害していることだろうと思うと、新たな不安が生まれる。

「——どうしよう」

両手で顔を覆い隠す。

瞳から涙が迸り出てきたのを、兄たちに見られたくなかったのだ。

ほっと安堵したのと同時に、後悔が押し寄せてくる。

安心したのに悲しいだなんて、こんな変な感情を味わうのは生まれて初めてだ。複雑すぎて、どうしたらいいのかわからない。

「私、昨日、ジョゼにあんな態度を取っちゃったし……今度こそ、あきれられちゃったかもしれないわ……」

何しろサラにとっては、これが初めての恋なのだ。

最初から全部うまくいくはずはない。本気の恋には、誰だって不器用になる。

――でもジョゼだって、一言言ってくれれば良かったのよ。それだけは譲れないわ。

記憶を辿ってみても、ジョゼフィールドから好意をはっきりと言葉で示された覚えがない。

言葉以外でなら、心当たりもあるのだけれどそれはサラの思い違いかもしれなかった。

ジョゼフィールドの気持ちは、ジョゼフィールド本人にしかわからないのだから。

客間の扉を開けて入ってきた人影が、サラに近づく。

「嫌われちゃったらどうしよう。ジョゼ……！」

声を震わせるサラの細い肩を、軍服に身を包んだ人物がそっと抱く。

そして言った。

「どうしたんだサラ！　俺の可愛い妹を、一体誰が泣かせたんだ⁉」

「キラルド兄上、今日は当直なんじゃなかったっけ」

驚いた様子のトラードが尋ねると、キラルドはサラを胸に抱き寄せつつ答えた。

「ああ。でも人が足りているので非番になって戻ってきた。サラはどうして泣いているんだ？」

そこまで言って初めて、客間にもうひとり淑女がいることに気づいたらしい。

というより、ミレイユのほうが声も体躯も大きいキラルドにびっくりしてしまって、トラードの背中に隠れていたのだ。

「失礼、客人がおいでだとは露知らず。ただいま取り込んでいますので、挨拶はのちほど」

ミレイユに軽く敬礼して、キラルドはサラの顔を懸命に覗き込む。

「サラ、どうしたんだ。リーインスキー公爵家から戻ってきているなんて、何かあったのか？　泣いてないで、お兄さまに言ってごらん」

両手で顔を覆って泣いているサラに代わって、トラードが答える。

「それが、兄上。どうやらジョゼと喧嘩でもしたみたいでね」

「なんだと⁉」

騒々しくなった客間の扉を、メイドがおずおずと開ける。

「あのー、失礼いたします」

ノックしても誰も気づいてくれなかったので、苦肉の策で顔だけを覗かせていた。

「リーインスキー公爵家のジョゼフィールドさまがお迎えにいらしているんですが、お通ししてもよろしいでしょうか?」

「なんだと⁉」

メイドに案内されて入ってきたジョゼフィールドにキラルドが摑みかかろうとするやら、トラードが止めようとするものの振り払われてしまうやら、混乱して泣いているサラを見てジョゼフィールドが愕然(がくぜん)とするやらで、客間の中は一気に騒然たるありさまになった。

サラの背中を宥(なだ)めるようにずっと撫(な)で続けていたミレイユが、頃合いを見計らって声をかける。

「皆さま、そろそろ落ちついてくださいな。皆さまが騒いでいたら、サラさまが泣きやめません」

鶴の一声に、男性陣がぴたっと口を噤(つぐ)む。

キラルドがジョゼフィールドに指を突きつけた。サラはこのときになって、ジョゼフィールドが乗馬用の服装をしていることに気づいた。

朝早くから、サラと顔を合わせたくなくて遠乗りにでも出ていたのだろうか。

一瞬で凍りついてしまいそうになるくらいのお天気だというのに。

「御前試合では負けを喫したが……もう一度勝負願おう。俺が勝ったら、妹を返してもらいたい」

何を言い出すのかと、サラたちはびっくりしてキラルドを凝視する。

「兄上、何を言い出すんだ？　頼むから、話を聞いてくれ。サラとジョゼはちょっとした行き違いがあるだけなんだよ。よくあることだ」

「そうなの、キラルド兄さま！　私が、ちょっと勘違いをしてしまっただけよ！」

縋（すが）りついてくるサラを受け止めながら、キラルドは首を横に振った。その横顔が、静かな怒りに燃えている。

「事情がどうだとかは、関係ない。俺が気に入らないのは、サラを泣かせたということだけだ」

「あー……」

トラードが、顔をしかめて顎を指先で掻（か）く。

「――徹底した妹溺愛主義者が、完全に怒ってしまったか」

無理もない。

アントンハイム伯爵家にとってサラは大切な宝物なのだ。

「ずっと守ってきた。母上が亡くなったあともずっと、俺たちでサラを守ってきた。だから俺は、サラが傷つくことだけは絶対に許容できない」

キラルドがきっぱりと言う。

陸軍軍服の手袋を外し、ジョゼフィールドの足もとをめがけて投げつける。手袋を投げつけるという行為は、決闘を申し込むのと同等だ。

「キラルド兄さま、何をするの！」

サラが青くなる。

対してジョゼフィールドは投げつけられた手袋をじっと見つめ、そして、ゆっくりと拾い上げた。それは、決闘を受けるという意思表示だ。

ミレイユも息を飲んだ。

「ジョゼ、あなた、なんてことを……」

「ジョゼも！　だめよ、決闘なんて絶対にだめ！」

サラがぶんぶんと首を振り、必死に訴える。

「絶対に、だめ！」

「君の願いはなんでも叶(かな)えてやりたいが、これだけは無理だ。俺がこの決闘を受けなければ、君との婚約が流れてしまいかねない」

ジョゼフィールドが真剣な表情で、サラを見下ろす。

「君は俺のものだ。それを邪魔されることは我慢できない。キラルド殿。貴殿からの決闘の申し出を受け入れる」

＊

アントンハイム伯爵家の奥庭に場所を移し、ふたりの男が互いに、剣を鞘から引き抜く。凍りつくような空気が冷たく、きいんと鼓膜まで震わせるようだった。

愛用の剣を佩いていたキラルドと違い、ジョゼフィールドは今日は丸腰だったから、トラードが使用人に自分の剣を持ってこさせた。

ジョゼフィールドは抜き身の剣を眺め、しなやかな感触を確かめるように何度か振り下ろした。

「使えそうかい？　君ほど剣に趣味がなくて悪いね」

「いや、充分だ。拝借するよ」

立会人はトラードが務め、屋敷中の使用人たちが、建物の窓という窓から不安そうに決闘を見守っている。

サラとミレイユはトラードの背後に庇われるように立ち、試合のゆくえを見守っていた。

「ふたりとも。用意を」

トラードの合図で、胸に剣を掲げ、踵を合わせて打ち鳴らす。

私的とはいえ、決闘は正式な手順に則って進められる。そうした儀礼的な事柄は御前試合とほとんど変わらなかったが、あのときよりも今のほうがずっと、緊迫した空気を醸し出していた。

御前試合は華やいだ雰囲気だったのに、今はひどく殺伐としている。

海から吹きつける風が、髪を巻き上げる。

奥庭は雪が踏み固められ、足もとが滑りやすい。もともと作業しやすいように砂が撒いてあったが、風に飛ばされてあまり効果はなかった。

サラははらはらしすぎて、両手を胸の前できつく握り締める。ミレイユがサラを支えるように、背後からそっと寄り添った。

「立会人はこの僕、トラード・アントンハイムが務めます。両者とも、堂々たる戦いを期待します。では――」

トラードが両手を広げ、一歩後ろに下がる。

ジョゼフィールドとキラルドが剣身を軽く触れ合わせる。

「――開始！」

いきなり剣が強く打ち合わされて、激しい打ち合いが始まった。その音が、奥庭に強く反響する。

先に仕掛けたのは、ジョゼフィールドのほうだ。

彼自身、冷静さを装ってはいるが、先ほどからかなり頭に血が上っている。

――サラを返せ、だと…………？

その一言が、ジョゼフィールドの逆鱗（げきりん）に触れた。

冗談ではない、と奥歯をきつく噛（か）み締める。

――サラは俺のものだ。泣こうが喚（わめ）こうが、手放すものか。

昨夜の振る舞いは、紳士としてふさわしいものではなかった。それは、彼自身重々承知している。強情を張り続けるサラを、力尽くで強引に抱いた。

けれど朝になって、青ざめて横たわるサラの寝顔を見ているうちに、どうしようもない気分になった。

――サラを泣かせた。

昨夜あれほど蕩（とろ）けさせられてもサラは強情を貫き通し、結局口を割らなかった。

サラの肌を見ているとまた不埒（ふらち）な欲望に負けそうになって、振り切るように遠乗りに出かけた。

頭の中をきちんと冷やすには、雪の中を馬で駆けるくらいの乱暴な手段がちょうど良かったのだ。

「どうした。今日はずいぶんと心が荒れているな。御前試合で対戦したときは、もっと手ごわかったような記憶があるが」

キラルドが余裕たっぷりに、にやりと笑う。

「そんなことでは、とても妹をやることはできないぞ」

ジョゼフィールドはかっとなり、勢いに任せて刃を振り払った。

「うるさい！」

胸中で葛藤しているジョゼフィールドと違い、キラルドは、剣を交えるたびに冷静さを取り戻していく。

「俺が勝ったら、本当にサラを返してもらうからな」

「問答無用だ。俺が勝つ」

「負けたらどうする気だ？　諦めて、綺麗さっぱり身を引くか？　それともサラに追いすがって、捨てないでくれと懇願でもするのか？　ラフルベルク海軍の名にかけて、みっともない真似だけはしてくれるなよ」

「黙れ！」

ジョゼフィールドが踏み込むと、それを見切って避(よ)けたキラルドが剣を一閃(いっせん)させた。咄(とっ)嗟(さ)に避けたものの、ジョゼフィールドの白金色の髪がわずかに切られ、風に散った。

「っく……！」

「もっと集中しろ。腑(ふ)抜(ぬ)けを相手にする趣味はないぞ！」

ああこれは、とトラードがつぶやいた。

「兄上が勝つなあ……ジョゼらしくもなく、兄上に翻(ほん)弄(ろう)されっぱなしだ」

そんな、とサラが唇を震わせる。

「とどめは、刺したりしないわよね…………？」

真剣を用いた決闘でも、命までは奪わないのがこの国の鉄則だ。

「どうだろう。兄上もジョゼも相当熱くなっているから。まあ、最悪の事態になる前に止めるつもりではいるけど」

トラードは妹と恋人の手前、そう言ったものの、結果的にどうなるかはわからない。

「ラフルベルクで一、二を争うふたりの真剣勝負だ。僕が止めたくらいで制止できるかな……？」

キラルドの剣先が、ジョゼフィールドを追い詰める。懸命に応戦しているが、顔色を見れば、勝敗は明らかになり始めていた。

「……ジョゼらしくもない。あんなに取り乱したあの人を見るのは、初めてよ」

ミレイユも、心配そうに囁く。

「そろそろ決着をつけるとしようか。護衛官」

声高に言い放ったキラルドが、とどめを刺さんと踏み込む。

素早く、しかも膂力のある打ち込みに、ジョゼフィールドが応戦一方になった。

地面が凍っているので、ジョゼフィールドはいまいち踏ん張りが利かない。氷に足を取られ、わずかに重心が揺らいだ。

その隙を、キラルドは見逃さない。

「そら、行くぞ！」

キラルドが決めの一手に出る。

「キラルド兄さま、だめ！」

咄嗟にサラは、第三者は手出ししてはいけないという暗黙のルールを破り、ジョゼフィールドの前に飛び出していた。

「サラ、だめだ！」

「サラさま、何をなさるつもりなの⁉」

トラードとミレイユの悲鳴が重なる。

「サラだと……⁉」

このままでは、キラルドが渾身の力で振り下ろした刃が、ジョゼフィールドを庇おうと飛び出したサラの背中に襲いかかる。

寸止めするつもりでいたキラルドも、驚いた拍子に手もとが狂った。

——しまった、間に合わない！

手前で止めるはずだった刃が止めきれずに、サラに向かって振り下ろされてしまう。

使用人たちも、一瞬後の惨劇を予測して悲鳴を上げた。

「サラ！」

バランスを崩して背後に倒れかけたジョゼフィールドが咄嗟にサラを左手で抱き寄せ、素早い身のこなしで胸の中に庇い込む。

同時に片膝をついた形で右手を掲げて、キラルドの渾身の一撃を受け止める。

「くっ……！」

刃同士がまともにぶつかり合って、互いの骨にまで振動が伝わる。

永遠のように思える一瞬が過ぎ去り、ジョゼフィールドはサラを庇った体勢のまま、肩で息をしていた。

「ジョゼ！　それからサラも！　大丈夫か、怪我はないかい⁉」

トラードが駆け寄る。

「サラ……！　このお転婆娘！　なんて無茶なことをするんだ！　自分が何をしたのか、わかっているのか⁉」

ジョゼフィールドが荒い呼吸も整わないまま、サラに向かって一喝した。

「だってジョゼが！　大丈夫⁉　怪我してない⁉」

地面に片膝をついたままのジョゼフィールドの顔を、サラが必死に覗き込む。

サラを見たジョゼフィールドが一瞬呆気に取られたような顔をし、それから天を仰いで大笑いし始めた。

「まったく、とんでもない女性だな、君は！　決闘の場に飛び込んでくる伯爵令嬢なんて、世界中どこを探しても君くらいなものだ」

息を詰めて見守っていた周囲も、ふたりの無事を見て取るや、口笛や歓声で称えた。

ジョゼフィールドが身の危険も顧みず、見事にサラを守ったのだ。

御前試合よりも鮮(あざ)やかに勝利を収められて、キラルドもこれ以上我(が)を張るつもりはなかった。

「危ない所だった……護衛官が受け止めていなければ、俺はサラを斬っていただろう……」

キラルドが剣を鞘に収め、苦笑して手を差し出す。ジョゼフィールドも立ち上がって、握手を受け入れた。

「君の勝ちだ。ジョゼフィールド・アルベルト・リーインスキー」

「いえ。サラが飛び出してこなかったら、俺が負けていたでしょう」

ふたりともが、互いに勇敢さを称え合う。すでに闘志は失われている。立会人のトラードが割って入った。

「痛み分けという所でしょう。まあ、実質ジョゼの勝ちですね。そうでしょう？ 兄上」

「仕方ない。潔(いさぎよ)く負けを認めるさ」

大事な妹を守ってくれて感謝する、と、キラルドが目だけでジョゼフィールドに訴えた。ジョゼフィールドも、軽く頷(うなず)くだけでそれに応じる。

「サラ」

キラルドが、座り込んだままのサラに手を貸して立ち上がらせる。

「お兄さま」

キラルドは、サラに向かって人の悪い笑みを浮かべてみせた。

「どうだい？　自分の心がはっきりわかっただろう？　君はこの兄のことをほったらかしにして、ひたすら婚約者の心配ばかりしていた。こういう咄嗟のときにこそ、本心が剝き出しになるものだ」

「キラルド兄さまったら……！」

サラが爪先立ちして、キラルドの頬に口づける。親愛のキスだ。

「ジョゼを傷つけないでくれて、ありがとう」

背後でジョゼフィールドが、わざとらしく咳払いした。サラにもようやく、少しずつわかってきたことがある。

たぶんジョゼフィールドは、すごい焼き餅焼きだ。

「ジョゼ」

ジョゼフィールドが軽く広げて待つ胸の中へ、サラは躊躇うことなく飛び込んだ。

やわらかな金髪に顔を埋めて、ジョゼフィールドが低く呻く。

「このお転婆娘め。寿命が縮んだぞ……！」

「それでは、何かご用がございましたら、そちらの呼び鈴を鳴らしてお知らせくださいませ」

年老いた執事がそう述べたあと、ジョゼフィールドに改めて礼を取った。

「サラお嬢さまをお守りくださり、誠にありがとうございました。当家使用人一同を代表して、心よりお礼申し上げます」

「俺は、当然のことをしただけだ。礼には及ばない」

男同士で視線をしっかりと交わしてから、執事は部屋をあとにした。

「ジョゼ、こっちよ」

サラが先に立って、ジョゼフィールドを案内する。

身内でもない男性が若い女性の部屋に立ち入ることはまずないから、サラが毎年冬を過ごしていた続き部屋にジョゼフィールドが足を踏み入れるのは初めてだ。

リーインスキー公爵家に比べると小さな部屋で、調度類も決して華美ではない。居間と勉強部屋が大きな衝立（ついたて）で区切ってあって、奥に寝室があるだけだ。

「小さなお部屋でしょう？」

「君らしい設え（しつら）だな。暖かくて、居心地（いごこち）が良さそうだ」

ジョゼフィールドが、興味深そうにあちこちを見回している。

「あの肖像画の貴婦人が、君の母上か？　面影が、君によく似ている」

「そうよ。私のお母さまよ」

サラが頷くとジョゼフィールドが肖像画の前に立ち、胸に手を当てて、崇高な態度で祈りを捧げた。

その姿を見た途端込み上げてくるものがあって、サラは彼の背中にものも言わずにしがみついた。

ジョゼフィールドが驚いて、上半身をひねる。

「サラ」

サラは黙ったまま、ますます強くしがみつく。

「どうした？」

ジョゼフィールドが厚手の絨毯を敷いた床に片膝をつき、サラの両手を握って、小さな顔を真下から覗き込む。その男らしく引き締まった頬に、大粒の涙がぱたぱたと降りかかった。

「――――サラ？」

「心配、したんだから……ジョゼもキラルド兄さまも、怪我をしたらどうしようって……決闘、なんて」

うぐ、と、サラが声を詰まらせる。ジョゼフィールドはサラの身体を抱き締めた。

「心配かけてすまなかった」

キラルドたちは客間に残っているので、この部屋でサラはジョゼフィールドとふたりきりだ。それまで我慢していた糸が切れて、サラは泣きながら怒った。

「決闘なんてして、私のせいでどっちかが怪我でもしたらって、ものすごく心配で胸が潰れそうだったんだから。ジョゼの馬鹿(ばか)!」

胸を、小さな拳(こぶし)でぽかぽか叩(たた)く。

ジョゼフィールドはそんなサラの拳を揺らぎもせずに受け止める。

「それで? 君は、俺とキラルドのどっちを応援していたんだ?」

「……う」

そんなこと、答えはジョゼフィールド自身よくわかっているだろう。

サラは、ジョゼフィールドを庇って飛び出したのだから。

「――言わなくても、わかってるでしょう」

サラが涙混じりの目で、恨めしそうにジョゼフィールドを見上げた。

「良かった。やっと俺を見たな」

「……意地悪」

手を引いて、長椅子に座らされる。

その前に跪き、ジョゼフィールドがサラの手を取った。

「ジョゼ？」

「君を泣くほど心配させた償いをしよう。何をしてほしい？」

ジョゼフィールドの目が、悪戯っぽく笑みを含んでいる。その意味を読み取り、サラは頬を薔薇色に染めた。

「違うわ。私、キスしてほしいなんて思ってないわ」

「何が違うんだ？」

正直すぎて嘘が下手なサラの唇に、ジョゼフィールドが指の背で撫でるように優しく触れる。優しい触れ方だけれど、焦らされている感もあった。

「本当に、キスしてほしくないのか？」

「…………っ」

サラがむっと頬を膨らませ、腕を伸ばしてジョゼフィールドの首にしがみついた。サラが長椅子から滑り落ちるのを、ジョゼフィールドの腕がしっかりと抱き留める。

そのままサラは自分から、ジョゼフィールドの唇にキスをする。

「……っ」

驚いたように目を瞠ったジョゼフィールドが、やがて吐息だけで笑い、サラの腰に腕を回し直した。

「サラ」

小鳥がついばむような、優しいキスを何度も交わす。

「――まったく、君には驚かされる」

ジョゼフィールドが苦笑する。

その膝の上にちょこんと収まり、サラは小さく囁いた。

「キラルド兄さまが怪我をするのはいやよ、もちろん。でも、ジョゼが怪我をしたらと思うと……心臓が止まりそうになるの。すごく苦しかったわ」

だから、もう絶対に決闘なんてしないで、と懇願する。ジョゼフィールドは当惑して眉根を寄せた。

「なんとも可愛いおねだりだが……決闘を断ったりしたら、ラフルベルクの軍人の名折れだ。これは、男としての矜持がかかっていることなんだ。君もよく知っているだろう？」

それでも、懇願せずにはいられない。

「知っているわ。でも、いやなの」

「俺が負けると思っているのか？　ずいぶん見くびられたものだ」

ジョゼフィールドは少しおもしろくなさそうだった。

「違うわ。ジョゼが誰かを傷つけることになるのも、いやなのよ。いいわ。ジョゼがもしまた決闘することになったら、私、また飛び出して止めるわ」

「――――」

サラの肩に顎を乗せたまま、ジョゼフィールドがものすごく長く嘆息した。

「ジョゼ？　どうしたの？」

「降参だ。――君は時々、とんでもなく質(たち)が悪くなるな」

「なんですって？」

「だがまあ、いい。そういう所も俺好みだ」

そう言われて、サラははっとする。そういえば昨日、ジョゼフィールドと気まずい空気になったままだったのだ。まだ仲直りどころか、ジョゼフィールドが何を怒っていたのかも聞いていない。

慌てて膝から降りようとすると、ぐい、と簡単に引き戻された。

「どうしたんだ？」

「離してちょうだい」

「いきなりなんだ？　長椅子に座りたいのか？」

「違うわ。私、あなたに怒っていたのを思い出したのよ」

サラは、ジョゼフィールドから少し距離を取って窓辺に駆け寄った。

あの腕に抱かれてしまうと身体がふにゃふにゃになって意思が押し通せないことがあるから、用心しなくてはならない。

「怒っている？　君が？」

「そうよ。昨日の夜のことを忘れたとは言わせないわ。ジョゼフィールド・アルベルト・リーインスキー！」

その言葉から、サラがどれだけ怒っているかを推測したのだろう。

ジョゼフィールドが、ばつが悪そうな顔をして立ち尽くす。ジョゼフィールドのそんな顔は初めて見た。情けなさそうに眉根を寄せて、困り果てている。

「あれは……悪いことをしたと思っている」

「釈明の機会を差し上げるわ」

サラは、つんと顎を上げた。

「でも、一度だけ。二度とあんな強引な振る舞いは許さない」

「ああ、わかっている」

ジョゼフィールドがゆっくりと近づいてくる。サラは少しだけ肩を緊張させて、待ち受けた。

　ジョゼフィールドが胸に手を当て、真摯に頭を垂れる。

「やりすぎたと、反省している。このとおりだ。どうか許してほしい」

「私が聞きたいのは謝罪じゃなくて、理由よ」

　ジョゼフィールドがほんの数瞬、言葉を探して考え込んだ。

「――苛立っていたんだ。それで君に八つ当たりを」

「なにに苛立っていたの？」

　そこで、ジョゼフィールドが口を噤んでしまう。サラはだめ押しの一言を口に乗せた。

「きちんと理由を教えてくれるまで、私、ジョゼと同じ寝室で寝ないわ」

「……っ！」

　相当に効力のある脅しだったらしい。

　しばらくうろうろと視線をさ迷わせていたジョゼフィールドが、観念して打ち明けた。

　額を片手で鷲掴み、ため息混じりに説明する。

「……君は気づいていなかったようだが、昨日、王宮は君の噂で持ちきりだったんだ。特に、独身の男たちの間で」

　サラは、不審そうに小首を傾げる。

「どういうこと？」

「可愛らしくて魅力的な小鳥だと、評判になっていたんだよ。あれだけ美しければ、当然そうなる」

「そんなはずないわ。王宮にはミレイユさまとか、ほかにも綺麗な方がいっぱいいるでしょ？」

「サラ。まさか、自覚していなかったのか？　君が盛装した姿を初めて見たとき、俺は心臓が止まるかと思ったんだぞ」

　ジョゼフィールドが話すことを、サラは目を瞠って聞いていた。

「美しいだけじゃない。周囲の人間を魅了してしまう魅力がある。きらきらする生命力が眩しくて、手の中に捕らえたくなってしまう。男がそんな女性を目にしたら、無理にでも金の籠に閉じ込めたくなる。昨日一日で、俺の恋敵がどれだけ激増したことか。それを君ときたら、警戒心のかけらもなく」

「え…………」

　真顔で、しかも立て板に水のごとく並べ立てられて、サラは居心地が悪くなってしまった。

「ジョゼ、一体誰のことを言ってるの。私のことを、ミレイユさまと間違えているの？」

「どうしてそこでミレイユの名前が出てくるんだ」

もどかしそうに首を振ったジョゼフィールドが、はっとする。

「もしかして、君は嫉妬していたのか？　ミレイユに」

「だって！　ジョゼ、ミレイユさまと密会していたじゃない。私、見たわ」

呆気に取られたジョゼフィールドが、次の瞬間、楽しそうに表情を崩した。腰を折り、目尻に涙まで浮かべて大笑いしている。

「そうかそうか、君はミレイユに焼き餅を焼いていたのか！　それは愉快だ！」

「ちょっとジョゼ、どうしてそんなに笑うの！　失礼よ！」

食ってかかったサラを素早く捕まえ、ジョゼフィールドが答える。

「俺も嫉妬していたからだ」

「嫉妬？　ジョゼが？」

「ああ。本当に気づいていなかったのか？　馬車を降りてホールに向かうまでの間だけでも、男たちの視線が集中していたじゃないか」

「緊張しすぎていて、そんなの気づかなかったわ」

「回廊のいたる場所で、『護衛官が連れている美女は誰だ』だの、『隙を見てダンスに誘ってみよう』だのと言っているのを聞いて、俺は自分でも予想以上に苛々していたんだぞ。

見せびらかすのは楽しかったが、サラは俺のものだ」

「私は私よ。あなたのものというわけでもないつもりなんだけど」

「俺のだ」

駄々っ子のように言い張って、ジョゼフィールドが腕の拘束を強くする。まるで、大きな狼だ。

「そして用事を済ませて舞踏の間へ戻ってみれば、君がいない。俺がどれだけ心配して探し回ったと思っている。すでに誰かに連れ去られたのか、どこかに連れ込まれているんじゃないかと肝を冷やした」

それに関しては、サラも悪い所があるので反論できない。

「ギルベルト王子と一緒にいるのを見たときは、ほっとした反面、とても腹が立った。あまりに危機感がなさすぎる。誰かに力尽くで押し倒されたら逃げられもしないのに、どうする気なんだ、と」

サラは思う。

——ジョゼってもしかして、ものすごく心配性でもあるの……？

まだまだ世間知らずなサラは、王宮がそんなに危険な場所だとは思えない。

「ミレイユとは、偶然内回廊で顔を合わせたんだ。トラードと内緒で待ち合わせをしていてね」

ああ、とサラは納得する。

「ミレイユさまみたいな方が供のひとりも連れていないのはおかしいから、ジョゼと密会しているんだと誤解してしまったけど。トラード兄さまと会う約束をしていたのね？」

「そのとおりだ。あれくらい人が多ければ、紛れ込むこともできるから」

事情を知ってしまえば、事実だけがすとんとサラの胸に落ちる。

「だから昨日、ジョゼ、ミレイユさまのことを口にしなかったのね。トラード兄さまの恋人だっていうことを、私がまだ知らなかったから」

「ああ。ちょっと話しておきたいことがあってそのまま立ち話をしていたんだが。まさか君がそれを見て誤解するとは思わなかった。俺の浅慮だ。悪かった」

「ミレイユさまはすごく綺麗な方だから、もしかしたらジョゼはミレイユさまのほうが好きなんじゃないかと思ったの。あんな綺麗な人だったら、誰だって好きになると思って」

「ミレイユは家族のようなものだ。幼い頃から一緒にいて、面倒を見てきた。今さら恋愛感情は抱けないし第一、親友の恋路の邪魔をする気はないよ」

ジョゼフィールドがサラを長椅子に誘う。

「それに、俺が好きなのは君だけだ」

直接的に好意を言葉で示されたのは、初めてのような気がする。

サラは目に涙を溢れさせ、ジョゼフィールドにしがみついた。

「……どうした？」

「嬉しいの。ジョゼがはっきり言葉で言ってくれたの、初めてだわ」

「そうだったか？　態度で示しているつもりだったんだが」

「すごく、わかりにくいわ………」

すん、と鼻を鳴らしたサラを、ジョゼフィールドが優しくあやす。

「君とミレイユは、似ているようで全然似ていない」

「どういうこと？」

「ミレイユは弱々しいように見えて、その実、結構したたかだ。今も親が進める縁談を断り続けているし、トラードと結ばれるのも時間の問題だろう」

「私は？」

「わがままで気が強いように見えて、内面がとても繊細だ。そのくせ次から次へといろいろなことをしでかして、おかげで君と出会ってからというもの、俺は退屈したことがない」

これはジョゼフィールドの、最大級の賛辞なのだろうか。

思わず考え込んでしまったサラを、ジョゼフィールドが見つめる。

「これで、説明になっただろうか。俺は君に、許してもらえるだろうか…………？」

またしても唇が近づいてくることに気づいて、サラはぱっとその腕の中から抜け出した。

「サラ？」

「客間に行きましょう。そろそろお茶の時間だわ」

さっさと部屋を出てしまうサラを、ジョゼフィールドが苦笑しながら追いかけた。

階段を下りようとした矢先に、あっさりと捕まえられてしまう。

「こら、待ちなさい。返事は？」

背後から羽交い締めにするように腕を回されて、サラが、子どものように屈託のない笑い声を上げた。

その明るい響きに誘われるように、客間からトラードたちが顔を覗かせる。

「サラ、ジョゼも！　こっちへおいで。お茶の用意ができているよ」


夜の帳が落ちる。冬の日暮れはとても早い。

数えきれないくらいの松明が輝き、王都中が白く煌めく雪祭りの夜だ。

今夜は泊まっていけばいいというキラルドの誘いを、ジョゼフィールドは丁重に断った。

トラードはミレイユをこっそりと送り届けなければいけないし、キラルドだけがひとり、ぽつんと屋敷に残されている。

気の毒だと思いながらも、サラはジョゼフィールドと同じ気持ちだった。

サラはジョゼフィールドの愛馬に相乗りし、彼の着ている外套の中にすっぽりと包み込まれていた。

一刻も早く、ふたりきりになりたい。その一心で、ジョゼフィールドが馬を飛ばす。馬車を引かなくていい分、騎馬はずっと速い。けれど粉雪混じりの夜風を直接吸い込むことになる。

普通の人なら、たちまちのうちに髪も唇も凍りついてしまう極寒の夜だ。海軍士官として日々鍛錬しているとはいえ、さぞ堪えていることだろうとサラは心配になる。

サラは、外套の合わせ目から顔を覗かせた。

「ジョゼ、大丈夫？」

彼はまっすぐに夜道を見据え、ひたすらに馬を駆けさせていた。その横顔が、きりりと引き締まって男らしく美しい。

「ああ。君はできるだけ俺の外套に潜って、口を開かずにいてくれ。でないと、口の中まで凍りついて怪我をするぞ」

「ジョゼもよ」

「俺は平気だ。海の上は、ここよりもっと冷えることがある」

聞こえるのはジョゼフィールドの息遣いと、馬の足音だけだ。

サラが、残念そうに囁いた。王都の外れを疾走しているので、雪祭りの喧噪はだいぶ遠い。

「――雪祭りに、連れて行ってくれるって約束したわ。明日で終わっちゃうのに」

「来年は連れて行く」

「明日は？　行かないの？」

「君が動けるようなら、明日でもいいぞ」

ジョゼフィールドには余裕がない。

「……ジョゼったら」

サラにもその意図はわかったので、それ以上文句は言わなかった。それに、真っ白に飾り立てられた王都の中を、騎馬で一直線に突っ切るのも悪くない。

ジョゼフィールドが、サラを外套でしっかりと包み直す。

「寒いだろうが、もう少しだけ我慢してくれ」

「……うん」

「気になっていたんだが、身体は大丈夫なのか？」

昨夜の蛮行を、ずっと気にしていたらしい。

サラは顔を赤らめつつ、頷いた。

「平気」

「そうか……良かった」

腰に回された手が、サラをくるみ込む外套が、しっかりと胸に抱き寄せる腕が、そのすべてがサラにはっきりと伝えていた。

ジョゼフィールドは、本当にサラを大切に思っているのだと。

全身全霊をかけて、サラを守り抜こうとしているのだと。

――考えてみれば、最初のときから……士官学校で初めて会ったときから、ジョゼはずっと私のことを守ってくれていたんだわ。

そう思うと嬉しいような気恥ずかしいような気分で、サラはもぞもぞとジョゼフィールドの懐深くに潜り込んだ。

王宮の背後に回りきった所で、ジョゼフィールドがふと馬を止める。

「見てごらん、サラ」

そっと促され、サラはジョゼフィールドの胸から顔を上げた。

ふたりは小高い丘の上にいる。サラからもジョゼフィールドからも、そして愛馬からも、白く凍る雲のような呼気がもうもうと立ち込める。暗闇の中に流れる呼気は、ダイヤモンドの粉を撒き散らしたようにきらきらと美しい。

「どうしたの？」

「ここからは、王都が一望できるんだ」

何気なく振り向いたサラは、目の前に広がる光景に瞠目した。

「わあ……！」

王都を縁取るように焚かれた無数の松明、雪像の中に点された蝋燭(ろうそく)の灯り、店の先々に吊(つ)るされたランタンの光。それらが無数に輝いて、まるで満天の星を見ているかのようだ。

「この景色を、君に見せたいとずっと思っていた。俺のとっておきの場所だ。トラードでさえ、ここは知らない」

「とっても綺麗ね」

うっとりと景色に見とれたものの、すぐに身体が冷えて、サラは小さくくしゃみをした。

「急ごう」

「もっと見ていたいわ」

「これも、来年だな。今度は馬車で暖かく過ごせるように準備してこよう」

た。

恋人たちを乗せて疾走する馬の足跡が、リーインスキー公爵家の屋敷へと一直線に続いた。


愛馬が再び、走り出す。


帰り着いたときには、もう夜も更けていた。

出迎えたブロッシュが、凍えながら戻ってきたふたりの姿に仰天した。

大急ぎで居室が暖められ、暖炉に薪がくべられる。

メイドたちに指示して部屋着を甲斐甲斐しく暖めさせながら、シェンナ夫人の文句は留まる所を知らない。

「無茶がすぎますよ、ジョゼフィールドさま。こんな時間に、騎馬で。それも、サラさままでご一緒だなんて」

馬車を使うべきだったのはジョゼフィールドも重々承知の上なので、苦笑いを浮かべて小言を聞いている。

シェンナ夫人がぷりぷりと怒りながら、暖めた毛布をサラの肩に羽織らせた。

「サラさまがもしお風邪でも召したら、一番大騒ぎなさるのはジョゼフィールドさまなんですからね。今後は自重してくださいな。よろしいですね？」

「わかったわかった、シェンナ。今日が特別だっただけだ。今後は控えるさ」

さすがのジョゼフィールドも、シェンナ夫人には強く出られないらしい。

「シェンナ夫人、心配かけてごめんなさいね」

サラも口を添える。雪で湿った髪を拭い、ぬるめのお湯で手足を温める。ひどく冷えてしまったあとなので、少し温いだけのお湯でもかなり熱く感じる。熱いお湯を少しずつ注ぎ足して、凍えをゆっくり解いていく。

暖めたばかりの、ぱりっと乾いた衣服に着替えるとまるで生き返ったような気分だ。ジョゼフィールドも薄い部屋着の上に、暖かな長衣を羽織る。

そこへブロッシュが、木製のワゴンを押しながら入ってきた。

「お召し替えが済みましたら、こちらをどうぞ。こんな時間ですから、厨房でも簡単なものしか用意できないと申しておりますが」

「構わない。充分だ」

ブロッシュが運んできたのは、あつあつのスープとパンだ。

暖炉の前に毛足の長い敷物を敷いて、その上に直接座る。

パチパチと薪が爆ぜるのを見ながら夜食を摂る。ブロッシュたちは静かに退出したから、薪を眺めながら、ふたりきりでゆっくりと言葉を交わす。

熱いお茶を満たしたカップを手に、寄り添って。

サラはジョゼフィールドの胸に背中を預けて座り、彼の話に耳を傾ける。

このふたりに欠けていたのは、こういう時間だ。

「長い間海に出ていると、それはそれでやり甲斐もあるし楽しいが、やはり港に帰ってきたときが一番嬉しい。それと同じ感覚を、俺は君に抱いている」

「私に?」

「君だけが、俺を恋焦(こ)がれさせたり喜ばせたり、苛立たせたり怒らせたりすることができる。俺をこんなにも翻弄(ほんろう)して、それを本望だと思わせるのは君だけだ」

ジョゼフィールドが何を言わんとしているのかがわかるような気がして、サラは小さく微笑んだ。

「船に乗って、海に行ってしまっても……私のもとに戻ってきてくれるなら、いいわ」

「何があっても帰ってくるさ。だがそれより、君を一緒に連れて行くほうがずっと安心できるということに最近気づいたんだ」

サラは少し困惑して、眉根を寄せた。

「船に乗るのは、まだちょっと……いやよ」

逃がさないよ、とジョゼフィールドが笑う。

「だめだ。連れて行くと言ったら連れて行く。怖くないように俺が守るから、君はずっと俺にしがみついていればいい」

「まさか、航海の間中、ずっと抱きついていろっていうの？」

サラが笑いながらそう尋ねると、ジョゼフィールドが真顔で頷いた。

「当然。ずっとだ」

またひとつ、サラにはわかったことがある。

「――ジョゼは私のことをすごく甘やかすけど、ジョゼ自身もわがままなのね」

「そのとおりだ。俺は君を甘やかしたいし、束縛したい」

あっさりと認めて、ジョゼフィールドがサラを横抱きに抱き上げた。

「ジョゼ」

「さあ、身体も温まった。寝室へ行こう、サラ」

ずっと我慢していたんだ、とジョゼフィールドが苦笑する。その表情に、男の色香が滴（したた）り落ちる。

「ジョゼ。狼みたいな顔になってるわ」

「ああ。今夜こそ、君を食べ尽くしてしまおう。ほかの男に横から攫（さら）われないように、髪の一本にいたるまで俺のものだという印を刻んでおかないと安心できない」

「ジョゼ以外に、私のことを攫おうとしている人がいるとは思えないんだけど……」

サラは自分の身体の中にも甘い疼きが生じたのを感じ取ったので、抵抗しなかった。

寝台の上にサラを丁寧に横たえて、ジョゼフィールドが長衣を脱ぐ。

絹のシャツも脱ぎ滑らせながら、サラの上にゆっくりとのしかかってきた。

「さあサラ、言ってくれ。どこから触れてほしい？」

「それ、聞くの⁉」

サラの室内履きを取り去り、放り投げながら、ジョゼフィールドがさも当然といった様子で答える。

「もちろんだ。君のいやがることをしないためには、何が好きで何が嫌いか、はっきり確かめておかないといけない」

大真面目な顔をして言っているが、サラは騙されない。

「意地悪してるんでしょ」

「俺が？　心外だな」

サラは頬を膨らませ、ジョゼフィールドの頬を軽く抓った。

「絶対意地悪よ。さっきの仕返しをしているんだわ」

喉を低く鳴らして笑ったジョゼフィールドが、サラのうなじに鼻先を埋めた。

「キスしてほしいのはどこだ？」

「言わないってば！」

「それなら、全身余す所なく口づけするとしよう」

「ちょっとジョゼ、くすぐったいわ」

唇を押し当てられるたびに、サラが笑って身をよじる。

やがてその甘いじゃれ合いの中に、艶めいた響きが混じり始める。

サラの肌で、ジョゼフィールドがキスをしなかった場所などどこもないだろう。

ジョゼフィールドはゆっくりと時間をかけ、丹念にキスを繰り返していった。

それが昨夜の振る舞いに対する彼なりの謝罪なのだということは、サラにもわかった。

「ジョゼ……………」

くっきりと浮かぶ鎖骨にも、花のような痕が散らされる。サラは喘ぐようにつぶやいた。

「本当に、ジョゼのものだっていう印を刻み込まれているみたい……」

ふっとジョゼフィールドが熱い吐息を紡いで、やわらかな胸に手を這わせた。

やわらかく温かいサラの胸を、ジョゼフィールドはとても気に入っているようだ。サラがいやがらない限り、いつまでも手を離そうとしない。

脚の付け根にも手を這わされ、サラは無意識のうちに軽く抗った。恐怖心がなくても、羞恥心は消えない。

「サラ」

深い声音で、名前を呼ばれる。

頬を色っぽく上気させたサラが、はっとしたようにジョゼフィールドを見る。

そして、小さく頷いて身体の力を抜いた。

そっと昂ぶりを進入させていく間、サラはずっとジョゼフィールドの手を握っていた。

指の一本一本を絡み合わせ、しっかりと繋ぐ。仰け反った白い喉にも口づけをされ、寝台が軋む。

雄々しい屹立が小さな胎内にたどり着いたとき、サラは自分から腕を伸ばして、ジョゼフィールドを抱き締めた。

「大丈夫か、サラ？」

「……うん」

額に汗を浮かべながら健気に答えたサラが、不意に息を詰めた。

「どうした？　痛いか？」

「痛いわけじゃないんだけど…………その……」

「なんだ？　言ってくれ」

　こめかみに口づけながらジョゼフィールドがそう言うと、サラは、ものすごく小さい声で答えた。

「いつもより、大きい……みたい。ちょっとだけ待って。動かないで」

　その途端、サラの中で、熱い昂ぶりがどくんと脈打った。

「や……っ⁉」

　いきなりの激しさにサラが驚いて身を竦めるのと、ジョゼフィールドが息遣いも荒々しく吐息を吐き出すのとは、同時だった。青紫の瞳は、滾る欲望に燃え盛っている。

「サラ、おいで」

「あう……！」

　サラが悲鳴を上げる。

　ぐいっと腕を引かれて、寝台が大きく軋む。

　ジョゼフィールドが横たわり、サラはその腰の上に足を開いて跨らされていた。もちろん、秘所は繋がり合ったままだ。

「ジョゼ……⁉」

　恥ずかしすぎる体勢に、頭がくらくらする。すぐに降りて足を閉じようとしたけれど、がっちりと両手で腰を摑まれて、逃げ損なう。

妖しく腰骨を撫でられ、ぞくぞくとした快感に背中が震える。

繫がった場所を真下から複雑に突き上げられ、サラは艶めかしく身悶えた。

「……こんな格好……恥ずかしいわ」

「俺から、君のすべてがよく見える。たとえようもないほど魅力的な眺めだよ」

ジョゼフィールドが、色っぽく笑みを刻んだ。

「さあ、サラ。自分で動いてごらん。腰を揺らして、君の好きな場所を教えてくれ」

「え……!?　い、いやよ、そんなの。できないわ」

サラは慌てて首を振った。

ジョゼフィールドが、わざとらしく目を瞠る。

「そうか？　なら、俺が君の好きな場所を探り当てよう。ここか？」

いきなり強く突き上げられ、サラは仰け反って小さな悲鳴を上げた。

「あっ」

屹立が胎内の敏感な場所をぐいぐいと押し上げ、抉る。サラの足の爪先が、快感を耐えるようにぎゅっと丸まった。

「だ、だめ、そこっ」

「それとも、こっちだったか？」

最奥をこね回され、激しくかき乱される。腰をひねって逃げようとしても、ジョゼフィールドがしっかりと摑んでいるので、逃げられない。サラの声が一層甘さを帯びた。

「あ、あ、だめっ」

「いや……ここだったな」

ジョゼフィールドの身体の上で、サラは淫（みだ）らな踊りを踊るように腰骨を跳ね上げさせた。滴り落ちる蜜が絡み合い、ぐちゅぐちゅと淫らな音を立てる。羞恥心も肌も、全部溶かされてしまいそうだ。

「……やっ、待って、お願い。自分で、する、から」

はあはあと息を喘（あえ）がせながら、サラが懇願する。

こんなふうにすべての弱点を嬲（なぶ）られていたのでは、身がもたない。とはいえ、どんなふうに動けばいいのかわからない。

おずおずと、少しだけ腰を浮かせる。

「んっ……」

「そう。恥ずかしがらずに、好きなだけ快楽を貪（むさぼ）るんだ。俺に、君の初々（ういうい）しい媚態（びたい）を堪能させてくれ」

たどたどしい動きを繰り返して、サラの腰がだんだんとなめらかに、いやらしさを増して揺れる。

「や、や……もう無理……！」

あまりに官能的な快楽に、サラの腰が崩れ落ちかける。その途端寝台から身を起こしたジョゼフィールドがサラの腰を抱え直し、勢いよく突き上げ始めた。

「あーっ、いきなり、そんな、だめぇ……っ！」

ジョゼフィールドの動きに、サラが翻弄される。眉間に皺を寄せ、悩ましい吐息を押し殺しながらの媚態は、壮絶な色香を醸し出した。

ジョゼフィールドは情熱的にサラを責め上げ、絶頂へと押し上げていく。

「あ、だめ、もう…………！」

サラの足がびくびくと痙攣したときに、ジョゼフィールドが低く、そして真剣にサラを見つめて囁いた。青紫の双眸に、サラだけが映っている。

「サラ。愛している」

一瞬、サラのすべての動きが止まった。

息も心臓も止まるほどの衝撃のあと、ひたひたと胸に幸福感が満ちる。身体と一緒に心も繋がったようで、胸がいっぱいになって息もできない。サラは声を上ずらせながら、懇

願した。

「ジョゼ。もう一度、言って」

サラが微笑むと、ジョゼも同じように微笑む。

「ああ。何度でも。愛しているよ、サラ。俺が愛しているのは君だけだ」

「あ……！」

繋がり合った奥深くでも、熱く滾るものが迸る。

サラは荒い呼吸に胸を喘がせながらジョゼフィールドにしがみつき、そっと呼吸を整えた。どこもかしこも満ち足りて幸福で、このまま眠ってしまいたいくらいだけど、どうしてもジョゼフィールドに伝えたい言葉がある。

「私も、ジョゼを愛しているわ」

目も眩むほどの、歓喜の口づけが降ってくる。

吐息を絡め合う長い口づけのあとで、ジョゼフィールドが、蕩けるような笑みを浮かべて囁いた。

「冬の夜は長いんだ。ゆっくりと愛し合おう。俺がどれだけ君を愛しているかを、きちんと伝えなくては」

ラフルベルクの夜は長い。
恋人たちのための夜は、まだまだ明けそうになかった。

あとがき

こんにちは。水瀬（みずせ）ももです。

このたび「お転婆（てんば）令嬢ですが花嫁教育始めました〜軍人貴公子の不器用な溺愛〜」をお届けすることができて、とても嬉（うれ）しいです。

楽しんでいただけましたでしょうか？

ラフルベルクは北欧をイメージした架空の国ですが、この分だとかなり平和で賑（にぎ）やかそうですね（笑）。サラは冒頭から暴れていますし、ジョゼも結構好き勝手に動いていますし。

サラの腕前とは比べものになりませんが、私も以前、乗馬を習っていました。そのせいか、私が書く話には馬の登場率が高いです。単に馬好きなだけとも言いますが。

馬に乗ると想像以上に視界が高くて、そして横幅もとても広いです。馬の体温とか息遣いとかもダイレクトに伝わってきます。馬によってもそれぞれ性格が違うんですよね。

私が接したことのあるお馬さんで、ものすごく遊び好きの甘えん坊がいました。レッスンしているとき以外は頭を押しつけて「遊ぼうよ」と甘えてくる子で、私は一瞬でめろめろになりました。また習いに行きたいなあ。

イラストは、北沢（きたざわ）きょう先生に引き受けていただきました！　手もとに表紙のラフがあるのですが、とても素敵（すてき）なのですよ！　可愛さ爆発のサラに、かっこよさを極めたジョゼです。しっくりくる言葉がすぐには見つからないのですが、嬉しくてテンション上がっています。北沢先生、ありがとうございました！

担当嬢はじめ、お世話になりました関係各所の皆さまにも、この場をお借りして御礼申し上げます。

それでは、またお目にかかれますように。

コロナ禍の収束を、心から祈る日々です。

水瀬もも

原稿大募集

ヴァニラ文庫では乙女のための官能ロマンス小説を募集しております。
優秀な作品は当社より文庫として刊行いたします。
また、将来性のある方には編集者が担当につき、個別に指導いたします。

◆募集作品

男女の性描写のあるオリジナルロマンス小説（二次創作は不可）。
商業未発表であれば、同人誌・Web 上で発表済みの作品でも応募可能です。

◆応募資格

年齢性別プロアマ問いません。

◆応募要項

・パソコンもしくはワープロ機器を使用した原稿に限ります。
・原稿は A4 判の用紙を横にして、縦書きで 40 字 ×34 行で 110 枚 ~130 枚。
・用紙の１枚目に以下の項目を記入してください。
　①作品名（ふりがな）/②作家名（ふりがな）/③本名（ふりがな）/
　④年齢職業 /⑤連絡先（郵便番号・住所・電話番号）/⑥メールアドレス /
　⑦略歴（他紙応募歴等）/⑧サイト URL（なければ省略）
・用紙の２枚目に 800 字程度のあらすじを付けてください。
・プリントアウトした作品原稿には必ず通し番号を入れ、右上をクリップなどで綴じてください。

注意事項
・お送りいただいた原稿は返却いたしません。あらかじめご了承ください。
・応募方法は必ず印刷されたものをお送りください。CD-R などのデータのみの応募はお断りいたします。
・採用された方のみ担当者よりご連絡いたします。選考経過・審査結果についてのお問い合わせには応じられませんのでご了承ください。

◆応募先

〒100-0004　東京都千代田区大手町 1-5-1　大手町ファーストスクエアイーストタワー
株式会社ハーパーコリンズ・ジャパン　「ヴァニラ文庫作品募集」係

お転婆令嬢ですが花嫁教育始めました
～軍人貴公子の不器用な溺愛～

Vanilla文庫

2021年6月5日　第1刷発行　定価はカバーに表示してあります

著　者　水瀬もも　©MOMO MIZUSE 2021
装　画　北沢きょう
発行人　鈴木幸辰
発行所　株式会社ハーパーコリンズ・ジャパン
東京都千代田区大手町1-5-1
電話　03-6269-2883（営業）
0570-008091（読者サービス係）
印刷・製本　中央精版印刷株式会社

Printed in Japan ©K.K. HarperCollins Japan 2021 ISBN978-4-596-41687-2